HISTOIRE

DE

LA POËSIE

FRANCOISE.

(par Joseph Mervésin, prêtre)

A PARIS,

Chez PIERRE GIFFART, ruë S. Jacques,
à l'Image Sainte Therese.

M. DCC VI.

Avec Approbation, & Privilege du Roi.

SON ALTESSE
SERENISSIME
MADAME
LA DUCHESSE
DU MAINE.

ADAME,

Je prens la liberté d'offrir à
VÔTRE ALTESSE

ã ij

EPISTRE.

SERENISSIME, l'Histoire de la Poësie Françoise, qu'Elle m'a bien voulu permettre de donner au Public sous ses auspices. Si elle daigne s'en amuser quelques momens, Elle verra que cette Poësie a été longtems presque inconnuë ; Qu'elle a souffert des changemens considerables ; Que ce n'est que par les reflexions de plusieurs siecles, qu'elle a été conduite au point de perfection, où nous la voyons aujourd'hui : Que la plûpart des Roys & des Heros, dont vous êtes descenduë, l'ont aimée, qu'ils ont pris des soins pour la faire fleurir, & que souvent même

EPISTRE

même ils ont crû, que les Demi-
Dieux pouvoient parler le langage des Muses. Cet Art, dont
V. A. S. connoît si bien la finesse, & qu'elle cultive avec
tant de succés, n'auroit pas besoin de recourir aux fictions, qui
luy sont si naturelles, pour faire
vôtre Eloge; cette vertu solide,
que l'on admire en vous ; cet esprit sublime, qui dés vôtre tendre jeunesse, vous a fait attacher
à tout ce que les sciences abstraites ont de plus difficile & de plus
élevé, & qui ne vous a fait regarder l'étude des belles Lettres,
que comme un amusement, four-
nissent de veritables sujets de

é

EPISTRE.

loüanges ; quel plaifir, *&* quel
honneur pour moy de les retraffer
icy ; mais perfuadé que vous ai-
mez mieux les meriter que de les
recevoir ; je me retranche à faire
des vœux pour *V. A. S.* *&* je
feray toute ma vie avec un
profond refpect,

MADAME,

De VOSTRE ALTESSE
SERENISSIME,

Le tres-humble & tres-
obeïffant ferviteur
MERVESIN,

APPROBATION.

J'Ay lû par ordre de Monſeigneur le Chancelier, un Livre intitulé, *Hiſtoire de la Poëſie Françoiſe*, dans lequel je n'ai rien trouvé, qui doive en empêcher l'Impreſſion. Fait à Paris, ce 18. Decembre 1705.

DANCHET.

PRIVILEGE DU ROY.

LOUIS par la grace de Dieu, Roi de France & de Navarre ; à nos amez & feaux Conſeillers, les Gens tenans nos Cours de Parlemens, Maîtres des Requêtes Ordinaires de nôtre Hôtel, Grand Conſeil, Prévôt de Paris, Baillifs, Sénéchaux, Prevôts, leurs Lieutenans, & à tous autres nos

Justiciers & Officiers qu'il apartiendra, Salut. Nôtre bien-amé le Sieur Abbé MERVESIN Nous a fait remontrer, qu'il a composé un Livre intitulé, *Histoire de la Poësie Françoise*, qu'il souhaiteroit donner au Public, s'il Nous plaisoit de le lui permettre par nos Lettres sur ce necessaires : A CES CAUSES, desirant favorablement traiter l'Exposant ; Nous luy permettons & accordons par ces Presentes, de faire imprimer, vendre & debiter, dans tous les lieux de nôtre Royaume, par tel Imprimeur ou Libraire qu'il voudra y choisir, *l'Histoire de la Poësie Françoise*, , de sa composition, de telle marge, volume & caractere, & autant de fois que bon luy semblera, l'espace de quatre années consecutives, à compter du jour & datte des Presentes ; pendant lequel temps nous faisons tres-expresses défenses à tous Imprimeurs - Libraires, & autres, d'imprimer, faire imprimer, vendre & debiter ledit Livre, sous prétexte d'augmentation,

correction, changement de titre, fauſſes marques, ou autrement, de quelque maniere que ce ſoit ; ny même
d'en faire des extraits ou abregez ; &
à tous Marchands & autres d'en ap-
porter ny diſtribuer dans ce Royaume,
d'autres impreſſions, que de celles qui
auront eſté faites du conſentement par
écrit de l'Expoſant, ou de ceux qui
auront droit de luy ; à peine de quinze
cens livres d'amende, payable par
chacun des contrevenans, applicable
un tiers à Nous, un tiers à l'Hôpital
General de nôtre bonne Ville de Paris,
& l'autre tiers à l'Expoſant, ou à ſes
repreſentans ; de confiſcation des
exemplaires contrefaits, & de tous
dépens, dommages & interêts ; à con-
dition qu'il ſera mis deux exemplaires
dudit Livre dans nôtre Bibliotheque
Publique, un en celle du Cabinet de nos
Livres dans nôtre Château du Louvre,
& un dans la Bibliotheque de nôtre
tres-cher & feal Chevalier & Garde
des Seaux de France le ſieur P H E-
L Y P E A U X, Comte D E P O N T-

CHARTRAIN, Commandeur de nos Ordres, avant que l'expoſer en vente; à la charge auſſi que l'impreſſion en ſera belle, ſur du beau & bon papier, & faite dans nôtre Royaume, & non ailleurs, ſuivant qu'il eſt porté par les Reglemens faits pour la Librairie & Imprimerie; à peine de nullité des Preſentes, leſquelles feront regiſtrées ſur le Regiſtre de la Communauté des Imprimeurs-Libraires de noſtredite Ville de Paris. Si vous mandons & enjoignons, que du contenu en icelles vous faſſiez joüir l'Expoſant pleinement & paiſiblement, ou ceux qui auront droit de luy, ſans ſouffrir qu'il leur ſoit fait aucun empéchement. Voulons auſſi qu'en mettant au commencement ou à la fin dudit Livre une copie des Preſentes, elles ſoient tenuës pour bien & düëment ſignifiées, & que foy y ſoit ajoûtée, & aux copies collationnées par l'un de nos amez & feaux Conſeillers & Secretaires, comme à l'Original. Commandons au premier nôtre Huiſſier, ou Sergent ſur ce requis, de faire pour l'execution des Presentes, tous Exploits & Actes necessaires, sans demander autre permission, nonobstant Clameur de Haro, Charte Normande, & Lettres à ce contraires. CAR tel est nôtre plaisir. Donné à Versailles le dixième jour de Janvier, l'an de grace mil sept cent six, & de nôtre regne le soixante-troisiéme.

Signé, LE PETIT.

Registré sur le Livre de la Communauté des Libraires & Imprimeurs de Paris, n. 2. p. 62. conformément aux Reglemens, & notamment à l'Arrest du Conseil du 13. Aoust 1703. de ladite Communauté. A Paris ce 11. Janvier 1706.

Signé, GUERIN, Syndic.

HISTOIRE

DE

LA POËSIE

FRANÇOISE.

LUSIEURS Auteurs
anciens & modernes
ont pris soin de nous
instruire des regles de
la Poësie; mais il en est bien peu,
qui nous ayent instruits de son
origine, de ses progrez, & de
ses changemens. Cet Art a eu le
sort de tous les autres, qui dans

A

leur commencement font toûjours imparfaits, & il n'eft arrivé
à fa perfection, que par degrez.

La Verfification n'étoit dans fa
naiffance, qu'un affemblage de
mots renfermez fous une certaine
mefure, & nous pouvons dire
que les premiers qui ont chanté,
ont les premiers fait des Vers,
puifqu'ils ont reftraint un certain
nombre de fyllabes fous celui des
fons, dont leurs chants étoient
compofez.

Pour rendre cette Verfification
agreable à l'oreille, indépendam-
ment du chant, on s'attacha à
lui donner une harmonie par l'accord des voyelles longues & bre-
ves : on appella cet Art, Profo-
die, que l'on confondit avec la
Verfification.

Ceux qui dans la suite, avec un talent extraordinaire, s'appliquerent à faire des Vers, ne se contenterent pas de plaire à l'oreille par la mesure & par l'harmonie, ils chercherent à élever l'esprit & à toucher le cœur par des fictions surprenantes, de tours hardis, de figures agreables, d'expressions énergiques, & de peintures naturelles; & parce que tout ce qu'ils faisoient, étoit regardé comme un fruit de leur imagination, on leur donna le nom de Poëte, c'est-à-dire, homme qui crée, ou qui produit; & pour exprimer l'élevation & la sublimité de leur génie, on se servit de ces grands mots, de fureur poëtique, d'entousiasme & d'inspiration divine.

Quoique la Poëſie, dont les fictions & les allegories font l'eſſentiel, eût pû faire ſentir ſa force & ſes agrémens, ſans le ſecours de la Verſification & de la Proſodie, elle s'eſt ſi fort unie avec l'une & avec l'autre, qu'elle en eſt devenuë inſéparable.

Cependant, malgré l'étroite union qu'il y a entre ces trois Arts, ceux qui en ont une veritable idée, n'ont garde de les confondre.

Les Auteurs, qui ſe ſont efforcez de pénetrer dans l'antiquité la plus obſcure, conviennent que les premices de la Poëſie, ont été conſacrées au Seigneur; il y a lieu de croire que l'ardeur de chanter ſes loüanges, a produit dans ceux qui en étoient poſſe-

dez, cette élevation d'esprit, que
d'autres sujets ensuite ont produit dans les Poëtes prophanes.

Cela supposé, le respect que
nous avons pour Moïse, ne doit
pas nous empêcher de le regarder comme le premier de tous
les Poëtes, d'autant mieux que
c'est le premier de tous les Ecrivains, dont les ouvrages sont par-
venus jusques à nous : les deux
Cantiques qu'il composa, l'un
après le passage de la Mer rouge,
& l'autre, pour remercier le Créateur de tant de miracles qu'il
avoit faits en faveur de son Peuple, ont toûjours été regardez
comme deux admirables productions d'un esprit poëtique. Saint
Jerôme assure qu'ils étoient en
Vers Hexametres & Pentame-

tres.; & quoique les traductions
leur ayent fait perdre une partie
des agrémens , que leur donnoient les belles expressions &
l'harmonie ; les connoisseurs ne
laissent pas d'y trouver ce merveilleux & ce sublime qui font
l'essentiel de la Poësie.

. C'est sans doute sur ces mode-
les, que David, Salomon & d'autres Prophetes se sont formez ,
lors qu'ils ont voulu chanter les
loüanges de Dieu , déplorer les
calamitez publiques, & instruire
le Peuple des choses futures. Je
ne ferai point ici mention de
leurs ouvrages, & je ne parlerai
de la Poësie ancienne, qu'autant
que je la croirai necessaire pour
l'intelligence de la Françoise ,
dont je tâcherai de donner une
Histoire succinte.

Les Arabes, les Syriens, les Egyptiens, les Perses, & les Ioniens ont toûjours aimé les discours figurez & les allegories ; comme la Poësie étoit conforme à leur inclination, ils s'y attacherent dés qu'ils en eurent la moindre connoissance.

Ils s'apperçûrent bien-tôt qu'elle étoit d'un grand secours à la memoire ; parce que les choses dont on veut la charger, s'y impriment beaucoup mieux, quand elles s'y presentent sous un arrangement mesuré, & s'en effacent plus difficilement, les mots étant comme liez les uns aux autres : leur Theologie, leur Philosophie, leurs Loix & leurs Coutumes furent mises en Vers.

Les Perses s'appliquerent plus

que tous les autres Poëtes Asia-
tiques à rendre leur Poësie har-
monieuse, à quoi leur langage
étoit tres-propre : Un Interprete
dit, qu'un de leurs vieux Livres
fait mention d'une dispute qu'il
y eut entre deux de leurs Poëtes,
sur la douceur de leurs Vers : Les
miens sont si doux (dit le pre-
-mier) que quand je les chante
dans les bois, le Rossignol quitte
ses fleurs pour venir m'écouter ;
& les miens sont si harmonieux
(répondit l'autre)que quand je les
récite, le Bracmane interrompt
sa priere, & vient m'entendre :
S'il en faut croire quelques Historiens, l'Arabie a plus produit
de Poëtes, que le reste du monde
ensemble.

Les Ioniens & les Grecs entre-

tenoient entr'eux une amitié si
étroite, qu'ils s'envoyoient leurs
enfans les uns aux autres, pour
les faire élever ; & ce commerce
fit passer la Poësie de l'Ionie en
Grece, où, comme plusieurs autres
beaux Arts, elle se perfectionna.

Melesigene, à qui on donna
le nom d'Homere * parce qu'il
devint aveugle, est le plus an-
cien des Poëtes Grecs, dont le
tems a respecté les Ouvrages.
Son Illyade & son Odyssée sont
les deux grands modeles de la
Poësie Epique, ou Heroïque,
que tant de gens ont tâché d'imiter. Je m'écarterois trop de mon
sujet, si je voulois rapporter les
differentes opinions que les critiques ont euës sur ces deux Poër

* Signifie , *qui a besoin de guide.*

mes ; je me contenterai de dire, que ces deux admirables génies*, qui ont si bien connu la force & les beautez de la Poësie, ont fait gloire de puiser dans l'un & dans l'autre.

Aprés la mort d'Homere, sept Villes considerables disputerent entre elles la gloire d'avoir donné la naissance à ce grand Homme ; on sçait pourtant qu'il passa toute sa vie dans une extrême pauvreté : Funeste présage, qui doit glacer les Favoris même d'Apollon, s'ils regardent la Poësie comme un chemin qui conduit aux richesses.

On ignore en quel tems, on a inventé cette multitude de Divinitez chimeriques, qui dans la

_____
* Messieurs Despreaux & Racine.

suite ont été adorées par plu-
sieurs Nations, comme veritables. On sçait seulement qu'Hesiode est le premier qui en a parlé
historiquement ; mais il est aisé
de comprendre pourquoi l'on en
a fait entrer plusieurs dans les
ouvrages poëtiques; les premiers
Poëtes ont crû avec raison, que
rien ne pouvoit mieux soûtenir
l'esprit des Lecteurs dans une
élevation continuelle, que ce
merveilleux qu'on trouve dans
tout ce que font les Dieux, &
surtout quand ils s'interessent
au sort des hommes.

Les Peuples grossiers, qui ont
crû devoir borner leurs adorations à un objet visible, adoroient le Soleil sous le nom d'Apollon ou de Phœbus, & le re-

gardoient comme le premier mobile de toutes choſes : C'eſt ce
qui obligea les Poëtes à regarder cette prétenduë Divinité
comme la leur, perſuadez que
puiſqu'elle rend la terre féconde
par la chaleur qu'elle lui com-
munique, elle peut auſſi en ex-
citant & en échauffant l'eſprit, y
faire naître ces agréables idées,
dont les beaux Vers ſe forment.

Les Muſes étoient Filles de
Mnemoſine, Déeſſe de la Memoire ; elles avoient été miſes
ſous la conduite d'Apollon, &
l'on inferoit dé-là, qu'elles l'a-
voient aidé à inventer les beaux
Arts ; leur office étoit d'ailleurs
d'aſſiſter aux Banquets ſacrez,
& d'y chanter des Vers pour
divertir les Dieux : Toutes ces

raisons porterent les Poëtes à
les invoquer comme des Divinitez qui pouvoient leur être
favorables : On invoqua Cal-
liope pour le Poëme Epique ;
Melpomene pour le Dramatique ; Erato pour le Lyrique, &
dans la suite on les invoqua
toutes pour toutes sortes d'ouvrages.

Le Parnasse & l'Helicon sont
deux Montagnes de la Phocide,
assez voisines, & parce qu'on
supposoit que les Muses habi-
toient tantôt sur l'une, & tantôt
sur l'autre, on les leur avoit con-
sacrées, & les Poëtes se crurent
en droit de les faire entrer dans
leur langage metaphorique :
monter sur le Parnasse, ou sur
l'Helicon, & faire des Vers,

ſignifia la même choſe. On ſup-
poſa même , que l'eau du Permeſſe donnoit de l'entouſiaſme;
parce que cette Riviere , qui
arroſe la Phocide & la Beotie,
a ſa ſource ſur l'Helicon.

Selon la Fable , le Cheval
aîlé , qui nâquit du ſang de
Meduſe, & qu'on appelloit Pegaſe, fit jaillir la Fontaine d'Hy-
pocrene, en frappant de la cor-
ne contre une pierre , & parce
qu'elle étoit prés du Parnaſſe
& de l'Helicon, on la conſacra
aux Muſes , & l'on attribua à
ſon eau la même vertu , qu'à
celle du Permeſſe. L'imagination des Poëtes alla encore plus
loin , ils firent auſſi de Pegaſe
un ſujet de metaphore, & parce
qu'il avoit fait ſortir de la terre

une Fontaine conſacrée aux
Muſes, & parce qu'il avoit
porté Cadmus, qui le premier
donna connoiſſance des belles
Lettres en Europe, à l'exemple
des Grecs, les Theſſaliens con-
ſacrerent le Pinde aux Muſes,
les Macedoniens, la Pierie où
elles étoient nées, & preſque
tous les noms differens qu'on
leur a donnez, ſont tirez des
differentes choſes qu'on leur a
conſacrées : que ces allegories
& ces metaphores ſoient fon-
dées ſur le bon ſens, ou non, il
eſt ſûr que ſans elles, nous trou-
verions la Poëſie languiſſante,
mais il n'eſt pas permis aux Poëtes de les pouſſer plus loin. Du
tems de Loüis XIII. un jeune
homme s'aviſa de mettre un pré

au pied de l'Helicon., on lui fit
d'abord cette Epigramme.

Jamais au pied du Mont sacré,
L'on ne connût que le Permesse;
Damon vient d'y trouver un pré,
Qu'il en joüisse, & qu'il y paisse.

Les applaudissemens, que l'on
donnoit à Homere, exciterent
les Poëtes Grecs à s'appliquer
à de nouveaux genres de Poësie.

Le desir d'exprimer tout ce
que l'amour a de doux & d'a-
gréable, fit inventer les Vers
Lyriques ; on les appelloit ainsi
parce qu'on les chantoit sur la
Lyre : on en composoit des
chansons que l'on appelloit
Hymnes ou Odes : Neuf Poëtes se rendirent fameux en ce
genre d'écrire, parmi lesquels
Pindare, Anacreon & la celebre
Sapho excellerent.   On

On crût qu'une naïve representation du repos, de la tran-
quillité, & de la liberté, dont on
joüit à la Campagne, seroit
agréable à des esprits fatiguez
de l'embarras & de la contrain-
te des Villes, on fit des Eglogues & des Idylles; les premieres
ne traitoient que des mœurs,
des occupations & des manieres des Villageois, les autres,
plus concis, ou pour mieux dire, les abregez des Eglogues,
retraçoient les jeux & les amours
des Bergers.

Dans les uns & dans les autres, on ne faisoit parler que
des gardeurs de troupeaux; &
comme ceux qui gardoient les
bœufs étoient alors les plus connus, on comprit ces deux Poë-

mes fous le nom de Bucolique:
les opinions fur l'origine de ce
Poëme, font fort differentes;
mais tous les Hiftoriens conviennent que Theocrite a été
le premier des Poëtes Grecs, qui
ont écrit en ce genre.

Pour affurer la memoire des
Dieux & des Heros, on mettoit
fur la porte de leurs Temples,
& aux pieds de leurs Statuës,
des Infcriptions, qui contenoient
en peu de mots tout ce qu'ils
avoient fait de plus memorable;
elles donnerent envie aux Poëtes d'en faire de femblables fur
toutes fortes de fujets, & c'eft
à ces productions que l'on donna le nom d'*Epigramme*; une
penfée ingénieufe renfermée en
peu de paroles en faifoit toute

la beauté dans le commencement ; mais bien-tôt aprés on
l'aſſaiſonna d'un ſel acre & pi-
quant.

Mimnerme s'appliqua à di-
vertir les gens , en leur atten-
driſſant le cœur, & en leur ar-
râchant même des larmes , par
des plaintes d'Amans deſeſpe-
rez , c'eſt ce qu'on appella *Ele-
gie* : elle n'étoit pas toûjours
plaintive comme elle eſt aujour-
d'hui ; ſi les Amans , qui n'é-
prouvoient que les rigueurs de
leurs Maîtreſſes, s'en ſervoient
pour raconter leurs ſouffrances,
les Amans heureux s'en ſervoient auſſi pour chanter leurs
felicitez.

Theognis , qui ſe propoſa
d'inſtruire & de divertir les Lec-

teurs, inventa le Poëme Gno-
mique ou Sententieux.

En plusieurs lieux de l'Atti-
que, on célebroit tous les ans
une Fête en l'honneur de Bacchus, pour lui demander la fer-
tilité des vendanges ; on lui sa-
crifioit un Bouc en haine du
dégât qu'un animal de cette espece avoit fait aux vignes d'Ica-
rius, qui le premier avoit ensei-
gné à les planter, & qui avoit
institué cette Fête ; aprés le Sacrifice l'on chantoit & l'on dan-
soit autour de l'Autel : on appella pendant quelque tems cette réjoüissance *Trigodie*, c'est-
à-dire, Chanson de vendange ;
on l'appella ensuite, *Tragodie*,
qui ne signifie autre chose que
Chanson de Bouc, & c'est de-là

qu'eſt venu le mot de *Tragédie.*

Les Atheniens voulurent auſſi celebrer cette Fête; ils lui donnerent de nouveaux embelliſſemens, ils y ajoûterent des danſes reglées, & des Chœurs de muſique, qui chantoient des Hymnes en l'honneur de Bacchus.

Les hommes ont toûjours aimé ce qui les fait ſortir d'euxmêmes, où ils ne trouvent que des ſujets de reflexions triſtes & deſagréables. Ce ſpectacle, qui eſt le premier dont nous avons quelque connoiſſance, plût à tout le monde; les Habitans des Campagnes voiſines d'Athenes l'introduiſirent dans leurs réjoüiſſances, & parce qu'ils n'y chantoient que des chanfons groffieres , on appella cet amufement, *Comedie* , qui veut dire, Chanfon de Village.

Pendant plufieurs années , la Tragédie ne fut qu'un Chœur, tel à peu prés , que celui dont nous venons de parler : Thefpis y fit enfin paroître un Acteur , qui déclamoit plufieurs fois dans la Piece , & donnoit du tems aux Muficiens de refpirer : ces déclamations étoient des fables , ou des hiftoriettes , dans lefquelles on inferoit ordinairement les loüanges de Bacchus ; on épuifa ces fujets , & l'on commença à faire déclamer des ouvrages , qui n'avoient nul rapport aux Fêtes qu'on celebroit. Les Prêtres de Bacchus fe plaignirent de ce que ces déclamations ne faisoient qu'interrompre le culte de leur Divinité, & les appellerent Epi-sodes, c'est-à-dire, pieces ajoû-tées, & délors les Poëtes s'ap-pliquerent à les faire naître si à propos du principal sujet, que sans en détruire l'ordre, on n'au-roit pas pû les en séparer.

A peu prés dans ce tems-là, il parut à Athenes des Tragé-dies d'une nouvelle espece, qu'on appelloit *Satyres*, parce qu'on y faisoit parler des Dieux de Forêts avec des Héros ; ce n'étoit qu'un mélange confus de bagatelles & de grands éve-nemens ; de discours férieux & de comiques ; ces pieces n'é-toient pas uniquement destinées aux Fêtes de Bacchus, on les

repréfentoit le refte de l'année.
Thefpis y mit des Perfonnages,
qui pour reffembler aux Fau-
nes & aux Satyres, qu'ils reprefentoient, fe barboüilloient le
vifage avec du vermillon & de
la lie; les Acteurs & les Chœurs
montoient fur un tombereau, &
alloient par la Ville donner des
repréfentations : le goût que
l'on avoit pour ces repréfentations & ces amufemens aug-
mentoit tous les jours, on bâtit
un Theatre, & les jours defti-
nez au culte de Bacchus, on y
repréfentoit les plus belles Pieces ; les Acteurs y alloient recevoir des applaudiffemens, & le
prix deftiné à celui qui avoit
le mieux réuffi, étoit un vieux
Bouc.

Par

Par le mot de Theatre, on entendoit un grand édifice, qui contenoit les Spectateurs & les Acteurs : celui, que l'on bâtit à Athenes, étoit orné en dedans de portiques, garni de fieges faits en degrez ; l'Orqueftre étoit au milieu, & occupoit un affez grand efpace : on l'avoit terminé fur le devant par un pupitre élevé, & conftruit avec des ais ; c'eft-là que paroiffoient les Acteurs, & c'eft ce qu'aujourd'hui nous appellons Theatre.

Ce mélange bizarre de férieux & de comique, dont on amufoit les Atheniens, commença à déplaire : Efchyle compofa des pieces, qui n'avoient aucun rapport avec celles qu'on

C

deſtinoit aux Fêtes de Bacchus:
il s'aſſujettit à des réglés; il ne
choiſit que des ſujets héroïques,
il réforma les Chœurs, & aug-
menta le nombre des Acteurs,
auſquels il donna des maſques,
& des habits conformes à ce
qu'ils repreſentoient; il leur fit
prendre des brodequins, tels
que ſont ceux des Comediens
d'aujourd'hui.

Sophocle & Euripide encherirent ſur Eſchile; ils rempli-
rent leurs pieces de beaux ſen-
timens, de narrations énergiques; ils firent ſoûtenir à leurs
Heros la majeſté des caracteres
qu'ils leur avoient donnez; ils
s'attacherent à tenir l'eſprit des
Spectateurs dans une élevation
continuelle, par des accidens

merveilleux : les Chœurs &
les déclamations n'eurent plus
qu'un même sujet ; toutes les
reprefentations, qui pouvoient
choquer la vûë, furent retran-
chées ; une feule action qui fe
paffoit dans un même lieu , &
dans l'efpace d'un tour folaire,
fit toute la matiere d'une piece:
Pour donner plus de gravité à
ceux qui faifoient le rôle des
Heros: on leur fit prendre cette
chauffure, qu'on appelloit *Co-*
thurne, dont le foulier, qu'on
faifoit de liege , étoit plus élevé
que celui du brodequin, & depuis ce tems-là pour défigner
un homme qui parle en ftyle
pompeux, on dit en langage figuré, il chauffe le Cothurne.
Le Theatre eut des décorations

ui donnoient une idée du lieu,
où l'action qu'on representoit,
s'étoit passée : On s'apperçut
que la symphonie ne servoit pas
seulement à chatoüiller l'oreille,
on la regarda comme un puis-
sant mobile, qui mettoit l'ame
dans la situation, où il faut
qu'elle se trouve, quand on veut
en exciter les passions ; & les
Poëtes s'imposerent l'obligation
d'entendre les regles de la musique, comme si leur esprit n'eût
pas été assez accablé de celles
de la Poësie. Enfin la Tragédie
fût alors à ce point de perfection, où depuis ce tems-là jusques en ce siecle, les seuls François l'ont portée ; aussi plût-elle
si fort à Athenes, que de peur
que les plaisirs n'en fussent trou-

blez par le moindre defordre,
on établit un Directeur, qui
avoit foin de faire entrer & for-
tir les Acteurs à propos ; il
avoit auſſi infpection fur la
fymphonie & fur les décorations.

La Comédie n'étoit encore
qu'un amas informe de médifance & de bouffonnerie grof-
fiere, auſſi la laiſſoit-on à la
Campagne : il y avoit dans chaque Village une tente ou feüil-
lée, fous laquelle, en certains
jours, on reprefentoit des pieces comiques ; on l'appelloit
Scene, qui ne fignifie autre chofe
que couvert de branchages faits
avec art.

Les Atheniens ramenerent enfin ce fpectacle de la Campa-

gne à la Ville, où l'on ſçut bien-
tôt le purger de tout ce qu'il y
avoit de groſſier , & pour déſi-
gner le lieu, où ſe paſſoit la choſe repreſentée, on ſe ſervit du
mot de Scéne, qui juſques-là
n'avoit ſignifié que le lieu deſ-
tiné à la repreſentation ; & parce que dans les premieres pieces qu'on repreſenta , on n'ob-
ſervoit pas l'unité du lieu, on
donna auſſi le nom de Scéne au
changement qu'apportent au
Theatre l'entrée & la ſortie des
Acteurs, comme pour marquer
qu'ils paſſoient d'un lieu à un
autre : c'eſt ce qui arrive aujour-
d'hui en certains Opera , tel
qu'eſt celui d'*Iſis*, où le changement d'Acteurs fait tranſ-
porter l'eſprit des climats brû-

Ians, aux climats glacez.

Lors qu'on ramena la Comédie à Athenes, on ne fe propofa
que de divertir le public ; mais
les Magiftrats voulurent enfuite
mettre à profit l'empreffement
que les Atheniens avoient pour
ce fpectacle, & dans l'efpoir
qu'ils fe corrigeroient des défauts qu'ils verroient joüer pu-
bliquement, on permit aux Poëtes d'attaquer les mauvaifes coû-
tumes, les mœurs dereglées, &
les paffions ridicules : Ils abu-
ferent bien-tôt de cette liberté,
fous prétexte de joüer le vice,
ils n'épargnoient perfonne ; Socrate même, le fage Socrate ne
fut pas refpecté ; ils nommoient
hardiment tous ceux, dont ils
joüoient les défauts ; leurs fujets

étoient toûjours veritables, &
tirez des chofes les plus récen-
tes qui arrivoient dans la Ville.
Tel alloit à la Comédie pour fe
divertir, qui en fortoit de mau-
vaife humeur, parce qu'il y
avoit appris une intrigue, ou
de fa fœur, ou de fa femme :
tel, au commencement de la
Piece, avoit crû rire aux dépens d'autrui, qui s'entendoit
nommer à la fin, & s'apper-
cevoit à fa honte, qu'il avoit ri
de lui-même.

Les Atheniens ne devenoient
ni plus fages ni plus moderez.
Alcibiade, qui connoiffoit que
les hommes ne font pas faits
pour fe corriger, réprima la
licence des Poëtes ; Ariftopha-
ne devint plus retenu : Menan-

dre, & ceux qui écrivirent après
lui, ne nommerent plus perfonne, & ne donnerent que des
fujets inventez, où il fût permis
de fe connoître & de ne fe connoître pas. On connut de trois
fortes de Comédies, la vieille,
la moyenne, & la nouvelle :
Dans la premiere, les fujets &
les noms étoient connus de tout
le monde ; les fujets de la feconde étoient veritables, & fous
des noms empruntez ; & dans
la troifiéme, tout étoit inventé.

Les Auteurs, qui étudioient
le cœur de l'homme, s'apperçûrent qu'il ne paffe pas aifé-
ment de la triftesse à la joie, ni
de la joie à la triftesse ; que quand
il est une fois dans la difpofi-
tion de rire, on ne doit pas pré-

tendre de l'attendrir tout d'un
coup par un fujet déplorable.
On retrancha de la Comédie
tout ce qu'elle avoit de férieux
& de trifte ; elle ne reprefenta
que des chofes rifibles qui fe
paffoient entre des perfonnes
privées : on laiffa à la Tragédie
les grands évenemens,& ce que
les paffions des Heros ont de
violent & d'extraordinaire:fous
le nom de Poëme Dramatique,
qui fignifie , reprefenté avec action , on comprit la Comédie
& la Tragédie ; le mot de Scéne fervit à l'une & à l'autre ,
pour fignifier le lieu , où l'action, qu'on reprefentoit, s'étoit
paffée,& le changement qu'apportent au Theatre l'entrée &
la fortie d'un ou de plufieurs

Acteurs. Il y eut des Tragédiens & des Comédiens; les premiers ne reprefentoient rien de comique, & les derniers ne reprefentoient rien de férieux.

Du tems de Ptolomée Philadelphe, il y eut quantité de Poëtes Grecs, parmi lefquels fept fe diftinguerent : on les appella les Poëtes de la Plaïade, nom d'une Conftellation compofée de fept Etoiles, qui paroît fur la poitrine du Taureau.

L'ambition, qu'avoient les Romains de fe rendre maîtres de toute la terre, leur avoit fait négliger long-tems les belles Lettres, & ces redoutables Vainqueurs n'avoient connu pendant plus de cinq cens ans, d'autre gloire que celle de foû-

mettre les Nations les plus éloignées , leurs yeux accoûtumez
au ſang & au carnage dans des
guerres continuelles,ſe faiſoient
un agréable amuſement des
cruels ſpectacles d'un Coliſée.

Les Fecennins étoient naturellement bouffons & comiques ;
ils alloient à Rome pour y repreſenter des Pieces de leur façon , qui n'étoient remplies que
de bouffonneries & d'équivoques groſſieres ; elles amuſerent
pourtant le Peuple aſſez long-
tems : on leur en fit ſucceder
d'autres qui étoient aſſaiſonnées
de railleries piquantes, ſur toutes ſortes de ſujets, & parce
qu'elles étoient ſans ordre , on
leur donna le nom de Satyres,
qui ne ſignifioit alors qu'un

amas confus de differentes choses. Il est bon d'observer que
ces pieces n'avoient nul rapport
avec celles des Grecs, qui ti-
roient leur nom des Dieux de
Forêts, qu'on y faisoit parler ; il
y eut encore à Rome d'autres
Comédies qu'on appelloit Ate-
lanes ; mais les unes & les
autres parurent insipides aprés
qu'Andronic & Nevius en eurent donné de leur façon.

Les Grecs, qui depuis long-
tems soûtenoient la guerre contre les Romains, furent enfin
soûmis, & cette fiere Acaïe, qui
avoit subjugué tant de Peuples
differens, devint en un jour une
Province Prétorienne : il y eut
délors un grand commerce entre ces deux Nations, & l'on

enseigna la Langue Grecque dans les Ecoles publiques de Rome.

Les Poëtes de ce tems-là, moins remplis d'amour propre que ne le font ceux d'aujour-d'hui, eurent assez de force d'esprit pour trouver des beau-tez dans les ouvrages des Grecs, que les leurs n'avoient pas; ils ne furent pas même honteux de se les proposer pour mode-les; ils mirent comme eux des Chœurs à leurs Comédies: mais soit que la symphonie n'en fut pas assez bonne, soit que les Poëtes ne voulussent pas pren-dre la peine de leur donner une liaison avec la Piece, ils ne plû-rent pas long-tems, on les sup-prima insensiblement, & de

peur que l'esprit trop long-tems
appliqué à un même sujet, ne
tombât dans le dégoût, au lieu
de Chœurs on donna des Intermedes : sous ce nom, on comprit tout ce qu'on donnoit pendant la Piece, qui n'avoit point
de liaison avec elle ; les Ambo-
laires, les Mimes, & les Pantomimes, les faisoient ordinairement : les premiers étoient des
Musiciens qui chantoient seuls :
les autres étoient des bouffons,
qui sans le secours de la parole, sçavoient faire entendre tout
ce qu'ils vouloient, par leurs
grimaces, leurs contorsions, leurs
danses, & leurs postures : tantôt ils repetoient ce qu'on venoit de representer, tantôt ils
donnoient une idée de ce qu'on

alloit voir : les Pantomimes apprirent à exprimer les paſſions
des Heros. Les uns & les autres
ſe rendirent beaucoup plus habiles, que ceux qu'on avoit vûs
en Grece ; ils ſe ſéparerent des
Comédiens , & ils repreſente-
rent ſeuls des Pieces , qu'on appelloit *Mimes.* Parce que les
Intermedes paroiſſoient preſque
toûjours entre des Scénes , qui
devoient avoir une étoite liaiſon;
ils troubloient la memoire des
Spectateurs , & cauſoient de la
confuſion dans leur eſprit.

Les Auteurs ſe firent une loi
de diviſer leurs Pieces en cinq
parties égales, dont chacune devoit avoir un ſens preſque parfait, on leur donna le nom d'A-
cte, qui ſignifie Piece entiere,

&

& délors on ne fit paroître les
Intermédes que dans les Entr'actes. A toutes les Comédies
on faisoit déclamer quelque
chose de bouffon dans la der-
niére partie, qu'on appelloit
Exode, pour redonner aux Spectateurs la gayeté qu'une trop
longue application à un même
sujet avoit pû leur faire perdre.

Sous les Decemvirs, on repre-
senta des Pieces de la façon de
Publius Syrus, elles étoient com-
posées des plus beaux Vers &
des plus belles pensées des Poëtes Grecs & Latins, dont on
faisoit des Parodies burlesques,
en leur donnant un sens diffé-
rent du veritable, & en y mêlant des bouffonneries, ensorte
que les choses que l'on avoit le

D

plus admirées, étoient souvent méprisées : tant il est vrai qu'il n'est rien de beau, à quoi on ne puisse donner du ridicule.

Les Pieces, que nous avons de Terence & de Plaute, font bien voir que la Comédie se perfectionna à Rome : Quant à la Tragédie elle y fut fort ne-gligée ; celles de Seneque, que l'on met au-dessus des autres Pieces tragiques de ce tems-là, font sentir que les plus belles choses peuvent ne pas plaire, quand elles ne sont pas à leur place ; ces longs tissus de sen-tences, de pensées ingénieuses, & de belles maximes pourroient élever agréablement l'esprit dans une piece d'éloquence „ mais elles ne remuënt pas le

cœur dans une déclamation, &
c'est à quoi un Auteur tragique
doit s'attacher.

Les Poëtes Latins s'appliquerent autant à se faire admirer
par quelque production d'une
nouvelle espece, que par leur
maniere d'écrire : Ennius, qui
connoissoit le goût des Romains,
fit quelques ouvrages pleins de
médisances & de railleries piquantes, il les donna sous le
nom de Satyres, à cause du rapport qu'elles avoient avec les
Comédies Latines de Publius
Syrus, dont nous venons de
parler, & délors les Poëtes appellerent ainsi les productions
dans lesquelles ils se donnoient
la liberté de railler & de médi-
re : ceux qui ont crû que le

mot de Satyre vient de la Tragédie des Grecs, dans laquelle
on faifoit parler les Dieux des
Forêts, fe font trompez.

Lucille fe rendit fameux en
ce genre d'écrire, il fe fit même admirer de ceux qui ne le
lifoient qu'en tremblant. Lu-
crece ofa traiter en Vers les matieres les plus abftraites de la
Philofophie : Catulle fit voir
dans fes ouvrages, tout ce que
par l'organe des Mufes, l'amour
peut exprimer & de doux & de
tendre.

Le regne d'Augufte fera toûjours la veritable époque de la
perfection de la Poëfie Latine :
Virgile, Properce, Horace, Ti-
bulle, Ovide, & beaucoup d'autres rares efprits s'attirerent par

leurs productions l'estime & la protection de Mecene, & ces distributeurs de la gloire, animez d'une juste reconnoissance, ont rendu le nom de ce Favori, aussi celebre que celui de son Maître.

La fin du regne d'Auguste fut le commencement de la décadence de la belle Poësie : sous Tibere Caligula & Claude, elle parut languissante ; Petrone, Perse & Juvenal en firent voir les derniers efforts, & quelque tems aprés elle sembla expirer avec Martial.

Rome avoit porté si loin ses conquêtes, qu'elle étoit devenuë la Capitale du Monde, l'on y voyoit arriver un nombre infini de gens de differens Pays,

qu'elle avoit soûmis à ses loix ;
l'assemblage de Grecs , de Syriens , d'Espagnols , & de Gaulois en corrompirent le langage,
& la Poësie s'en ressentit bien-
tôt : elle ne fut plus qu'un amas
de pointes recherchées , & souvent obscenes : les Chrétiens,
qui en trouvoient la lecture op-
posée aux bonnes mœurs, n'ou-
blioient rien pour la décrier , &
ils se servoient à propos du mé-
pris qu'on avoit déja pour elle.
Enfin, l'épouvante qu'Alaric &
les autres Barbares semérent
dans toute l'Italie pendant le
quatriéme siecle, firent presque
entierement taire les Muses :
nous n'avons de ce tems-là que
les Vers d'Ausonne.

Quoique l'Eglise eût eu des

fon commencement quantité de beaux génies, aucun d'eux n'avoit daigné regarder la Poësie, comme ▪▪▪ amufement férieux : enfin fous Conftantin & Conftance, Juvencus mit en Vers une partie de l'Hiftoire Evangelique : quand Julien l'Apoftat fe fût déchaîné contre les Chrétiens, Apollinaire compofa pour leur confolation, des Paraphrafes fur les Pfeaumes de David.

Prudence, Saint Paulin, Sidonius, Fortunat, & beaucoup d'autres, foûtinrent longtems l'honneur de la Poësie, & la ramenerent à fon premier ufage, en l'employant au culte du Seigneur.

Les Gaulois avoient toûjours

été si belliqueux, que la tendre
jeuneſſe & l'extrême décrepi-
tude n'étoient pas des excuſes
aſſez valables pour les diſpen-
ſer de prendre les armes, ſur-
tout quand il s'agiſſoit de la défenſe de leur Patrie : cette Nation, qui ne comptoit que ſur
ſes forces & ſur ſa valeur, avoit
long-tems negligé d'apprendre
à endurcir l'acier, à ſe fortifier
dans un Camp, & à prendre les
Villes autrement que par aſſaut;
cependant elle avoit toûjours
cultivé les Arts & les Sciences,
au milieu même du tumulte des
armes. Lilius Plautus, qui le
premier avoit enſeigné la Re-
thorique à Rome, étoit de Lyon.
L'Académie de Marſeille s'étoit
renduë ſi celebre qu'elle avoit
merité

merité d'être comparée à celle
d'Athenes, & l'éloquence se
soûtint encore long-tems à
Marseille, à Arles, & à Toulouse, après qu'elle eut été
éteinte par tout ailleurs.

Les Bardes étoient les premiers
des Gaulois, qui avoient fait des
Vers; on les appelloit ainsi, parce
que Bard V. Roi des Gaules, les
avoit mis en réputation : leur
emploi étoit de mettre en Vers
les hauts faits des grands Hommes, & de les chanter en public, pour inspirer le desir de
la gloire aux jeunes gens. En
Bretagne, où l'on a encore
beaucoup de mots Gaulois, on
appelle *Bards* les Joüeurs de
vielle & de violon, qui vont
chanter par les Villages. La

E

Poësie passa des Bardes aux
Druides, qui étoient les Prêtres & bien souvent les Juges
des Gaulois : Ils mettoient leur
Theologie & leur Jurispruden-
ce en Vers, & les faisoient passer des uns aux autres , sans le
secours de l'écriture; ils avoient
une grande veneration pour le
Guy de chêne , & l'on prétend
que c'est de là qu'ils ont tiré
leur nom; ils alloient cueillir de
ces Guys le premier jour de
l'an , avec beaucoup de cere-
monie, & en chantant des Hymnes sur ce prétendu mystere. En
quelques lieux du voisinage de
Bourdeaux , on observe encore
quelque chose de cette ancienne coûtume ; quantité de jeunes
gens bisarrement habillez, vont

en troupe le premier jour de Janvier, couper des rameaux de chêne, dont ils se font des couronnes, & reviennent chanter dans les ruës certaines Chansons qu'ils appellent *Guilannus.*

Il n'y a pas lieu de s'étonner que la Poësie ait toûjours eu un grand pouvoir, & sur l'esprit, & sur le cœur des hommes, puisqu'elle renferme la force de la Musique, de la Peinture, & de l'Eloquence: mais le Peuple, qui veut tout attribuer aux miracles ou à la magie, a crû souvent que cet Art avoit quelque chose de surnaturel, c'est ce qui a donné lieu à tous les contes qu'on a debitez d'Orphée & de Musée: Il y a eu des gens assez credules, & en Grece & à Rome, pour se laisser persuader qu'un certain nombre de Vers pouvoit faire descendre la Lune du Ciel, changer les hommes en pourceaux, & faire crever les serpens cachez sous l'herbe: la crédulité des Gaulois alla plus loin, ils croyoient qu'en récitant avec mystere quelques Vers des Druides, ils pouvoient penetrer dans l'avenir; ils leurs attribuoient tant d'autres vertus secretes, qu'ils s'en servoient pour faire des enchantemens, qui bien souvent étoient la ressource inutile des Maris jaloux, & des Amans malheureux.

*L'imperieuse Rome ne se contentoit pas d'imposer ses

* S. Augustin, *Cité de Dieu.*

loix aux Nations qu'elle avoit
vaincuës, elle les obligeoit encore à parler sa langue. Dés
que Cesar eut achevé de soûmettre les Gaules, on commença à y parler Latin, & ce changement de langage fit oublier
tout ce qu'avoient fait les Bardes & les Druides ; comme ils
n'avoient point de livres, il ne
nous est rien resté des uns ni des
autres ; on ignore même si l'on
doit avoir du regret à cette
perte.

Les Romains avoient crû que
pour bien tenir les Gaulois sous
leur domination, il falloit en
mettre les lieux considerables
hors d'état de se défendre, &
en peu de tems plus de douze
cens Villes ou Bourgs virent

tomber leurs murailles : c'eſt
ce qui donna envie à tant de
Peuples differens d'y faire des
incurſions ; les Gots furent les
premiers qui innonderent ce
Pays ſans défenſe, & ſelon quelques Hiſtoriens *, ils apprirent
aux Gaulois l'art de rimer; leurs
Poëtes s'appelloient *Runers*, &
leurs Ouvrages, *Runes* : on donna ce nom aux uniſones des
Vers de ce tems-là , & dans la
ſuite au lieu de Runes, on les
appella Rimes : Ceux qui ſoû-
tiennent cette opinion diſent ,
que les Septentrionaux connoiſſoient long-tems auparavant la
Poëſie rimée; qu'ils l'ont portée
dans tous les Païs où ils ſe ſont
établis ; & que dans les diffe-

* Le Maire de Belges.

rentes destinations qu'ils faisoient de leurs enfans, ils en
choisissoient toûjours deux, l'un
pour être Poëte, & l'autre pour
être Faiseur de Contes ; le premier mettoit en Vers tout ce
que ses Ayeuls avoient fait de
memorable, & le récitoit les
jours de Fêtes, pour divertir sa
famille, & le second chargeoit
sa memoire de quantité de Fables & d'Histoires, dont les récits servoient à adoucir les cha-
grins & la mélancolie de ceux
qui ne pouvoient pas dormir. Le
Chevalier Temple assure qu'en
quelques endroits du Nord, il
y a encore de ces Conteurs mer-
cenaires, qu'on appelle, quand
on a des insomnies.

Quoique ce que nous venons

de dire ſur la rime , ſoit vrai-
ſemblable , il eſt plus vrai-ſem-
blable encore qu'elle eſt venuë
d'Italie en France , comme nous
allons voir.

Dés que les François eurent
fondé dans les Gaules cette vaſte
Monarchie , qui depuis plus de
douze cens ans s'eſt maintenuë
ſans aucune interruption , &
qui a toûjours fait redouter ſa
puiſſance au-de-là même de
l'Europe , on y vit fleurir les
beaux Arts & les Sciences : il
y eut de nouveaux Poëtes qu'on
appelloit *Fatiſtes* ; ils compoſoient de petits Ouvrages qu'ils
faiſoient chanter à des Chœurs,
accompagnez de danſes , & cet
amuſement avoit quelque reſ-
ſemblance à celui des Grecs,

qui donna la naiſſance au Poëme Dramatique : nos premiers
Rois ſe délaſſoient ſouvent l'eſprit à entendre réciter les Vers
des Fatiſtes, la Poëſie ne fit pourtant aucun progrés ſous les
Merovingiens.

Par une longue ſuite de proſ-
peritez & de victoires, Charlemagne aſſura un calme heureux
dans toute la France : Il étoit
ſçavant, doux , & affable ; il
aimoit les gens d'eſprit ; il prenoit ſoin lui-même de ramaſſer
tous les ouvrages qu'on avoit
faits avant lui , & ce fut aſſez
pour donner de l'émulation aux
Fatiſtes ; ils celebrerent tout ce
que les François avoient fait
d'heroïque ; on mit en Vers une
partie du Nouveau Teſtament,

& tous les chants de l'Eglise qu'on appelloit Prose ; & c'est peut-être depuis ce tems-là qu'on a dit, rimer en Prose.

Parmi les Vers des plus celebres Poëtes Latins , on peut en remarquer quelques-uns qui ont deux unisones , l'un au repos, & l'autre à la fin , soit que le hazard l'eût fait , soit qu'on eût pris soin de les arranger ainsi , l'oreille trouva des charmes à être frappée deux fois de suite par un même son : Cesar s'en étoit peut-être apperçû quand il dit, *Je suis venu , j'ai vû , j'ai vaincu.* Dés que la belle Poësie fut sur son déclin , les Poëtes qui n'avoient pas assez de génie pour remplir leurs Ouvrages de pensées ingénieuses ,

& de nobles expreſſions, ne
s'attacherent qu'à plaire à l'o-
reille par des uniſones : Les Vers
que fit Adrien , ſur le point de
rendre l'ame , & dont preſque
tous les mots ſont ſous une même rime , font bien voir qu'elle
étoit recherchée. Leon II. voulant reformer les Hymnes que
l'on chantoit à l'Egliſe ſur la
fin du ſixiéme ſiecle, parce qu'elles étoient trop obſcures, ordonna qu'on en fit de nouvelles:
un Diacre nommé Paul, fit celle
de Saint Jean-Baptiſte, en Vers
d'une nouvelle eſpece , qu'on
appella *Leonins* , du nom du
Pontife , dans leſquels il mit
une rime au repos , & l'autre à
la fin. Les Fatiſtes, qui du tems
de Charlemagne, mirent en Vers
tous les chants de l'Egliſe , imi-

terent celui-là , & foit que par hazard, ou autrement, l'Auteur eût rangé, *Ut,re,mi,fa,fol,la,* en commençant chaque Vers de la premiere Strophe , on donna long-tems aprés ces noms aux fix notes de la Mufique.

Loüis le Debonnaire, qui fucceda à Charlemagne, étoit trop occupé à appaifer les troubles de fa famille , pour s'amufer à entendre reciter des Vers : fon regne ne fut pas favorable à la Poëfie ; d'ailleurs le langage changea dans toute la France, ce ne fut plus qu'un mélange bizarre de Latin , de Gaulois & de François : on l'appelloit Romain ruftique , parce que le Latin , qui y dominoit, étoit le même que celui du Peuple de Rome ; les Mufes commence-

rent à garder le silence, & si depuis ce tems-là jusques au regne
de Loüis-le-Jeune, les Fatistes
ont fait quelque chose, leurs
productions ont eu le sort de
celles des Bardes & des Druides. On n'oublia pourtant pas
en France l'art de rimer : Leo-
nius, Chanoine de l'Abbaïe S.
Victor, où la belle Latinité a
souvent trouvé un refuge, composa au commencement du douziéme siecle, de tres-beaux Vers
latins tous rimez.

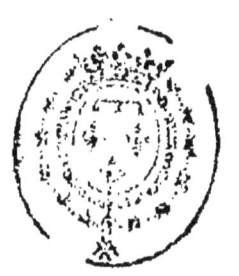

Les Liguriens, les Celtes, les
Romains, les Visigots, les Bour-
guignons, & les Ostrogots
avoient successivement dominé
en Provence, quand nos Rois
s'en rendirent les Maîtres : elle
passa ensuite sous la domination

des Rois de Bourgogne, & bien-
tôt aprés fous celle des Rois
d'Arles , dont le dernier n'eut
qu'une fille, qui épousa Rémond
Berenger, Comte de Barcelone,
& le fit Souverain de cette Province que les Romains avoient
tant estimée : on y a toûjours
vû regner une agréable vivacité d'esprit , & une certaine
gayeté, à laquelle la chaleur tem-
perée du climat contribuë peut-
être. Aix , qui dans ce tems-là
en étoit la Capitale, comme elle
l'est aujourd'hui, a toûjours produit de beaux Esprits, qui y ont
fait fleurir les belles Lettres: c'est
là qu'au commencement du douziéme siecle, on vit paroître ces
agréables génies , qui tirerent
les Muses de l'assoupissement,

où elles étoient depuis long-
tems en France. Comme sous
nos premiers Rois, les Poëtes
étoient appellez Fatistes, du
mot de *faire*, on appella ceux-
ci Troubadours & Trouveres,
du mot de *trouver*. Ils n'ont pas
inventé l'art de rimer, comme
nous venons de voir, mais on
doit leur attribuer la gloire d'a-
voir les premiers fait sentir à
l'oreille le veritable agrément
de la rime ; jusques à eux elle
étoit indifferemment placée, au
commencement, au repos, &
à la fin du Vers ; ils la fixerent
où elle est maintenant, & il ne
fut plus permis de la changer.

Rime en Langue Grecque, signifie mesure ; les Medecins &
les Musiciens se servoient de ce

mot pour fignifier le battement
du pouls , l'élevation ou l'abaif-
fement de la voix : Les Maîtres des Chœurs de la Tragédie
Grecque , s'étoient fait un art
de fe conformer aux differentes
paffions qu'on reprefentoit ; les
mouvemens impetueux qu'ex-
citoient la colere & la rage ,
étoient accompagnez d'une fymphonie précipitée, ainfi du refte,
& l'efpace de temps qui s'écou-
loit, tant qu'on chantoit fur un
même ton, s'appelloit rime : les
Romains appellerent ainfi les
cadences qu'ils affeétoient de rechercher à la fin de leurs perio-
des , parce qu'elles tomboient
prefque toûjours fous une même mefure ; & à leur exemple
les Troubadours donnerent aufli

ce nom aux unisones de leurs Vers.

Leurs productions ordinaires étoient des Sirvantes & des Tanfons : les premieres étoient des Satyres contre toutes fortes de gens : les fecondes contenoient des demandes ingénieufes fur l'amour & fur les Amans : j'en rapporterai ici deux, pour en donner une idée.

Un Amant a eu deux Maîtreffes ; l'une ne lui a accordé fon cœur qu'aprés de longues pourfuites ; l'autre ne l'a pas fait foûpirer long-tems : on demandoit, à laquelle des deux il avoit plus d'obligation.

Un Amant eft fi jaloux, qu'il s'allarme de la moindre chofe ; un autre eft fi prévenu de la

F

fidelité de sa Maîtresse, qu'il ne s'apperçoit pas seulement qu'il a de justes sujets de jalousie : on demandoit, lequel des deux marquoit plus d'amour.

Ces demandes donnoient lieu à mille ingénieuses réponses, & parce que les sentimens étoient toûjours differens, il en naissoit d'agréables disputes, qu'on appelloit *Jeux mi-partis.*

Il s'étoit formé en Provence une societé de gens d'esprit, qui s'assembloient pour se communiquer leurs Ouvrages, & pour s'entretenir de differentes matieres, que l'amour peut fournir : ils donnoient leurs jugemens sur les jalousies & sur les broüilleries des Amans ; c'est pour cela qu'on appelloit cette focieté, *la Cour d'Amour* : L'on y envoyoit toûjours décider les difputes que les Tanfons faifoient naître. Martial d'Auvergñe fit, plus de deux cens ans aprés, quantité de jugemens en imitation de ceux-là,& les donna au Public, fous le titre d'*Arrêts d'Amour*, fur lefquels un Savant Jurifconfulte a fait des Commentaires.

Depuis que Muca, General des Armées du Calife de Syrie, avoit fubjugué les Efpagnes, les Arabes y avoient porté la Poëfie; le Comte de Barcelone & fes Courtifans en connoiffoient les beautez, quand ils vinrent en Provence, & les Trouveres n'eurent pas befoin de Mecene pour s'introduire à cette Cour, où ils furent toûjours agréablement reçûs : les Comtes de Sault, les Barons de Grignan, ceux de Caſtelane, & tous les Grands Seigneurs de Provence faiſoient gloire d'avoir auprés d'eux de ces nouveaux Poëtes, auſquels ils donnoient des chevaux, des armes & des habits magnifiques.

Il y avoit des Joüeurs de flûte, des Muſiciens, & une eſpece de Bâteleurs, qu'on appelloit Jongleurs, Muſars & Comirs; ils ramaſſoient tout ce que les Trouveres faiſoient de plus beau, ils alloient le débiter dans les autres Provinces. Ces Ouvrages, qui avoient la grace de la nouveauté, acquirent une grande réputation à leurs Au-

teurs , non-feulement dans le
Royaume , mais auffi dans les
Pays étrangers. Loüis-le-Jeune
voulut en avoir à fa fuite, quand
il partit pour la conquête de la
Terre fainte , comptant qu'ils
lui feroient d'un grand fecours
pour adoucir les ennuis d'un fi
long voyage.

L'Empereur Frederic en attira plufieurs à fa Cour. Ri-
chard Cœur-de-Lyon, Roi d'Angleterre, les honnora de fon amitié ; ce qu'on peut voir dans
les Contes de ce Roi, que Mademoifelle Lheritier vient de
mettre au jour , & comme ils
n'ont écrit qu'en Provençal ou
en Roman, il ne feroit pas à
propos d'en parler davantage.
Je rapporterai feulement la vie

d'un de ces plus fameux Poëtes, pour faire connoître leur
caractere, qui étoit affez fin-
gulier.

Geoffroi Rudel s'attacha dés
fa tendre jeuneffe au Comte de
Sault : le Comte Geoffroi, frere
du Roi d'Angleterre, paffant
en Provence, fut charmé de ce
Troubadour, il pria le Comte
de Sault de le lui donner : On
demandoit alors un Poëte, comme aujourd'hui on demande un
bijou. Rudel vivoit tranquillement à la Cour de ce Prince,
lorfque pour fon malheur deux
Pelerins, qui revenoient de la
Terre fainte, lui firent impru-
demment un long détail des at-
traits de la Comteffe de Tripoly: fur ce récit le tendre Trouba-

dour devint éperdûment amoureux de cette Princeſſe ; il lan-
guit, il ſoupire quelque tems,
& enfin preſſé de ſon amour,
il s'embarque avec Bertrand
Allamanon ſon cher ami, & va
chercher l'objet de ſon amour.
Le Lecteur attend ſans doute
qu'une furieuſe tempête va
faire briſer le Vaiſſeau contre un rocher, & que cet
infortuné ſe ſauve ſur une
planche, ou qu'il eſt obligé
de prendre port dans une Iſle
habitée par des Antropophages;
cependant, contre les regles ordinaires, la navigation fut heu-
reuſe, mais pendant le voyage, cet Amant fut toûjours ſi
tranſporté d'amour & d'impatience, qu'il ſembloit à tous

momens, qu'il alloit rendre l'ame ; deux fois même les Pilotes l'auroient crû assez mort pour être jetté dans la mer, si la violence de sa passion ne lui avoit fait pousser quelques foibles soûpirs. A peine fût-il arrivé au Port de Tripoly, que son cher ami alla avertir la Comtesse du pitoyable état, où étoit le plus fidelle & le plus sincere de tous les Amans. La Comtesse touchée de ce récit, accourut au devant de Rudel pour le conduire à son Palais ; mais il n'étoit plus en état de joüir de cet honneur : Illustre & vertueuse Princesse, s'écria-t-il, dés qu'il l'apperçut, je mourrai sans regret, puisque j'ai vû vos charmes ; en prononçant ces tristes paroles

paroles, il alla expirer à fes
pieds. Elle honnora fon trépas
d'un torrent de larmes, & fit
charger fon tombeau de quantité d'Epitaphes. Petrarque a
dit, en parlant de cet Amant
malheureux, qu'il employa les
voiles & les rames pour aller
chercher la mort.

Les Ouvrages des Trouba-
dours, qui fe répandoient dans
tout le Royaume, y exciterent
les beaux Efprits à cultiver les
Mufes; & fous Philippe Augufte,
on y vit quantité de Vers rimez.
Le Roman, qui dans la fuite eft
devenu la plus belle Langue de
toute l'Europe, commençoit à
fe purifier; on débroüilla la Poëfie, & ceux qui la cultivoient,
quitterent le nom de Fatiftes,

G

pour prendre celui de Poëtes.

Il semble, que c'est faire tort
à la Muse Françoise, que de
dire que ses premiers fruits ont
été des Vaudevilles; cependant
nous voyons dans nos vieux
Historiens, qu'avant la fin du
douxiéme siecle, Yves, Evêque
de Chartres écrivant au Saint
Pere, lui dit, qu'on avoit fait
des chansons & des rimailleries
contre un jeune homme, &
qu'on les chantoit dans les car-
refours & dans les ruës.

Si on avoit voulu donner un
Patron à la Poësie, comme on
a fait à tous les autres Arts, on
auroit pû le trouver sous le regne de Loüis VIII. Elinand de
Beauvoisis, Moine de Saint
Fromont, s'acquit une si gran-

de réputation de bel esprit, que le Roi prenoit souvent plaisir à l'entendre déclamer ses Ouvrages. C'est un de ses Contemporains, qui nous l'apprend par ces deux Vers,

> *Quand ly Roys o diné sapella*
>   *Elinand ,*
> *Pour ly *esbayonner, commanda*
>   *que il chant.*

Ce Poëte s'étoit abandonné à son naturel satyrique , & il s'étoit même souvent déchaîné contre les Souverains ; mais il s'en repentit enfin ; il a été canonisé , & l'Ordre de Cîteaux en fait l'Office le treize de Janvier.

Les Picards furent les premiers qui apprirent des Troubadours à faire des Tansons & des Sirvan-

* prendre des ébats.   G ij

tes. Thibaut, Comte de Champagne, avoit beaucoup d'efprit,
il étoit amoureux de Blanche de
Caftille , mere de Saint Loüis,
& l'amour le fit devenir Poëte:
il compofa tant de Chanfons à
la loüange de cette Princeffe,
qu'on l'appella le grand Chan-
fonnier; il en fit écrire plufieurs
contre les murailles & contre
les yîtres de la grande Salle du
Château de Provins : il avoit à
fa Cour quantité de Poëtes,
parmi lefquels on diftinguoit
Gaces Brulé. Ils s'affembloient
fouvent pour examiner leurs
Ouvrages , & ce Prince ne dé-
daignoit pas de préfider à cette
Affemblée, que l'on peut regarder comme la premiere Académie Françoife : on commen-

ça alors à entrelacer des rimes
masculines & des feminines,
qu'on appella croisées. Je rap-
porte à ce sujet une des Chansons de Thibaut :

> *Au ri nouveau de la doulsour*
>   *d'Esté,*
> *Que reclaircit ly dois à la fon-*
>   *taine,*
> *Et que sont verds, bois, & ver-*
>   *gers & pré,*
> *Et ly rozier en May florit &*
>   *graine,*
> *Lors chanterai que trop m'aura*
>   *grevé,*
> *Yre & esmay qui m'est au cœur*
>   *prochaine,*
> *Et fins amis à tort atoisonnez ∗,*
> *Et moult souvent de leger ef-*
>   *frayez.*

Le mot de Sonnet étoit déja

∗ atticdis.   G iij

connu, mais il ne ſignifioit autre choſe que Chanſon : on l'appelloit ainſi, parce qu'il ſonnoit
à l'oreille ; je ferai encore, diſoit Thibaut,

Et maint Sonnet, & mainte Re-
cordie.

Comme on a ſouvent donné
aux Auteurs le nom du langage,
dont ils ſe ſont ſervis, on commença dans ce tems-là, à appeller Romanciers, tous ceux qui
écrivoient en Langue Romaine,
ſoit en Vers, ſoit en Proſe, &
leurs productions, *Romans* : les
Poëtes & les Faiſeurs d'Hiſtoi-
res Romaneſques, furent con-
fondus, parce que les uns & les
autres rempliſſoient leurs Ouvrages de fictions & d'allegories, qui ſelon les principes d'A-

riſtote, diſtinguent plus un Poëme d'une ſimple narration, que
les Vers, dont il eſt compoſé.
Nous avons pluſieurs Ouvrages
de ce tems-là, entre leſquels on
voit le *Tornoyement de l'Ante-*
chriſt qui eſt un combat des vertus & des vices.

Une Satyre contre toutes fortes de gens, que donna Guyot
fous le nom de Bible, parce que
s'il faut l'en croire, elle ne contient que des veritez. En voici
les premiers Vers:

Dou ſiecle puant & horrible,
Meſtuet * *commencer une Bible,*
Pour poindre & pour éguillonner
Et pour bons exemples donner :
Ce n'eſt pas Bible menſongiere,
Mais fine & voire droituriere.

De toutes ces productions,

* j'ai envie.　　　　G iiij

celle qui acquit plus de gloire
à ſes Auteurs, fut une imitation
de l'Art d'aimer d'Ovide:Loris
qui en fit la premiere partie,
l'appella le *Roman de la Roſe*,
parce que ſa Maîtreſſe s'appelloit ainſi. Voici comme elle
commence :

Maintes gens dient que en
ſonges,
N'a ſenon fables & menſonges ;
Mais on peut tels ſonges ſonger,
Qui ne font mie menſonger.

Quand il mouroit un Au-
teur , on faiſoit examiner ſes
Ouvrages ; s'il en laiſſoit d'imparfaits, on chargeoit quelqu'un
de les achever. Loris mourut
dans le tems qu'il travailloit à
la derniere partie de ſon Roman, & long-tems aprés Jean

de Meun se chargea de la finir :
il vomit tant d'injures contre
les Dames de la Cour, qu'elles
resolurent de s'en vanger : elles
l'entourerent un jour, armées
de verges, & alloient lui faire
sentir l'effet de leur vangeance;
mais il sçut se tirer de ce dan-
ger en homme d'esprit : Que
celles que j'ai justement offen-
sées, dit-il, me donnent les
premiers coups ; à ces mots
toutes les Dames disparurent.
Ce Roman fut si fort estimé
pendant plusieurs années, que
chacun se picquoit d'en sçavoir
quelques endroits, & les Pré-
dicateurs, qui en trouvoient les
maximes dangereuses, tâcherent
long-tems en vain de le décrier.

Outre les Romans , il y avoit
alors des Fables & des Historiettes , qu'on appelloit *Fabels*
ou *Fabliaux* ; tel fut celui que
fit Yves Pianceles, pour un mari
en divorce avec sa femme : il
commence ainsi :

Yves Pianceles qui trouva
Cil Fabel, par raison prouva
Que cil qui a femme robeste ∗
Est garni de mauvaise beste.

Guyar en composa un , dans
lequel il enseigne à un Amant
plusieurs moyens de se guérir
de l'amour, & lui dit en parlant de sa Maîtresse :

Le matin va la voir, ains qu'elle
　　soit levée ,
Et que de son fardet soit ceinte
　　ni fardée.

Quand Saint Loüis eut fondé

∗ opiniâtre.

l'Hôpital des Quinze-Vingts,
Rutebeuf en fit cette description :

Ly Roys a mis en un repaire,
Mais je ne sçai pas pourquoi
    faire,
Trois cens Aveugles tosto à tosto :
Parmi Paris en va trois paires,
Toto jor ne finent de braire,
As trois cens qui ne voyent goto,
Ly un sache, ly autre boto,
Et se donnent mainte secosso.

Tout devenoit favorable à la
Poësie, & sous Philipe le Hardy, il y avoit des Maîtres de rime & de versification, comme
nous en avons aujourd'hui de
Musique & de Danse ; s'ils
n'enseignoient pas à penser, du
moins pouvoient-ils enseigner
à bien exprimer une pensée, &

à bien tourner un Vers. Il ſeroit bon qu'il y eut encore de
ſemblables Maîtres, tant de
Marquis qui font des Sonnets
en ſe peignant, daigneroient
peut-être apprendre des regles
qu'ils affectent de mépriſer.

L'Univerſité de Paris, que le
ſavant Abelard venoit de rendre celebre, mit la Langue Latine à la mode dans tout le
Royaume ; tous les gens d'eſprit ſe picquoient de l'entendre:
comme les Poëtes Latins avoient
étudié les Grecs, les François
étudierent les Latins ; on vit
paroître quantité de traductions:
Lambert Lecourt & Alexandre
de Paris s'aſſocierent pour traduire l'Hiſtoire d'Alexandre,
ils n'employerent que des Vers

de douze ſyllabes, dont quelques Auteurs s'étoient déja ſervis, & délors on les appella
Alexandrins, du nom du Heros, & de celui d'un de ces
deux Poëtes : ils plûrent tant à
l'oreille, qu'on abandonna prefque tous les autres, & depuis
ce tems-là, ils nous ont tenu lieu
des Heroïques, dont ſe ſervoient
les Latins : on s'apperçut qu'un
Vers de douze pieds ne ſçauroit être recité tout de ſuite,
ſans perdre ſa gravité, & pour
y établir un repos, on en fit deux
parties, que nous appellons He-
miſtiches, & l'on prit ſoin que
le ſens n'en fut coupé.

La ſeule qualité de Poëte ſuffiſoit alors pour s'attirer l'eſtime
& la conſideration des Grands ;

un Fabel & une Chanson fervoient de brevet d'entrée à toutes les Cours. Charles d'Anjou,
le Comte de Bretagne, le Duc
de Brabant, le Comte de Flandres, ne croyoient pas qu'il fut
indigne des Souverains de parler quelquefois le langage des
Dieux. Nous voyons des Vers
de ce tems-là, qui peuvent être
encore eftimez, comme ces deux
qu'on voit dans l'Hiftoire d'A-
lexandre :

De mors & de navrez il joncha
la campagne.

De long comme il étoit, il mefu-
ra la terre.

En voici deux autres d'une
Satyre, que compofa Monfei-
gneur Thiband de Mailly ; c'eft

ainsi que l'appellent les Historiens : il parle d'un Guichard
de Beaujous, comme d'un homme fort savant & fort retiré du
monde:

Qui plus sçait & plus croit,
plus en est paourous,
Moult s'en apperceut bien, Dom
Guichard de Beaujous.

Il sembloit, que la Poësie
Françoise s'approchoit de sa perfection , cependant elle commença à être sur son déclin sous
Philippe le Bel.

Par un decret de la Providen-
ce, qu'il n'est pas permis aux
Mortels de pénétrer, Clement
V. qui d'Evêque de Bourdeaux
étoit parvenu immediatement
au Pontificat, transfera le Saint
Siege à Avignon ; sa Cour y

groſſit bien-tôt par quantité d'é-
trangers. Petrarque y vint de
Florence avec ſon pere, chercher un azile contre les ennemis, que les factions des Don-
nats & des Cheriffs avoient ſuſ-
citez à toute ſa famille. Il étoit
encore jeune, il s'y voüa d'a-
bord à l'étude des belles Lettres, & apprit des Provençaux
à rimer; il paſſoit ſes jours dans
cet agreable exercice, lors qu'il
devint amoureux de la belle
Laure, de l'ancienne Maiſon de
Sade. Comme la Poëſie a toûjours été d'un grand ſecours
aux Amans, Petrarque apprit
à ſa Maîtreſſe par un grand
nombre de Sonnets, qu'il mouroit pour ſes charmes; Laure ne
fut pas inſenſible à une paſſion
que

que l'amour prenoit foin d'exprimer par l'organe des Mufes:
le penchant mutuel de ces deux
Amans, fut fi fort, qu'ils s'ai-
merent plus de vingt ans, fans
que rien ébranlât leur conftance: les Ouvrages que produi-
foit Petrarque pour celebrer fes
amours, fe répandoient dans
toute l'Italie, & ils y firent goûter les agrémens de la rime, que
le Dante y avoit fait connoître
depuis qu'il y étoit retourné de
France, & long-tems aprés Me-
na, Poëte de Cordoüe, étudia
l'un & l'autre, & fit les premiers Vers rimez, qu'on a vûs
en Langue Efpagnole. C'eft
ainfi que l'art de rimer a paffé
des Provençaux aux Italiens, &
de ceux-ci aux Efpagnols.

H

Toutes les productions, que l'on voyoit alors en France, y confirmoient le déclin de la Poësie ; mais la demangeaison d'écrire n'y étoit pourtant pas ralentie : ceux, qui avoient quelque talent, s'appliquoient à faire des Romans en profe, dont il nous reste quelques-uns, du nombre desquels sont, Perceval, Perceforest, Regnaud de Montauban, Maugis l'Enchanteur, & Ogier le Danois. Les belles actions de Charlemagne, celles du Roi Arthus, celles des Chevaliers de la Table-Ronde, & les Voyages de la Terre-Sainte, offrirent de beaux sujets aux Romanciers : comme ils ne sçavoient pas faire entrer les Divinitez de la Poësie dans

leur profe, pour tenir l'efprit
des Lecteurs dans l'élevation;
ils donnoient plus du merveilleux à leurs Heros, qu'ils n'auroient pû en donner aux Dieux;
ils leur faifoient fendre des
Geants d'un feul coup d'épée;
ils les faifoient battre feuls contre une Armée, & quand la
fantaifie leur en prenoit, ils les
faifoient fauter tous armez dans
des lacs enflammez de fouffre
& de bithume, dont ils for-
toient fans y avoir fouffert le
moindre mal. Toute la France
s'amufa affez long-tems de ces
productions, qui étoient fans
liaifon & fans fuite.

A la fin du quatorziéme fie-
cle, Heliodore d'Emeffe en Phe-
necie, fit les amours de Thea-

gene & de Chariclée : c'eſt le
premier Ouvrage de cette eſpece qui a été conduit depuis ſon
commencement juſqu'à ſa fin,
avec netteté & avec ordre ; il
attira une ſi grande réputation
d'homme d'eſprit à ſon Auteur,
qu'on lui donna l'Evêché de
Trica en Theſſalie : mais on ſe
raviſa bien-tôt aprés , & parce
qu'on craignoit qu'un auſſi
long tiſſu d'intrigues amoureu-
ſes ne fit trop d'impreſſion ſur
l'eſprit des jeunes gens , on mit
Heliodore dans la fâcheuſe ne-
ceſſité de ſe démettre de ſa di-
gnité , ou de conſentir que ſon
Roman fut brûlé. Une production, qui lui avoit coûté tant de
veilles, & qui lui attiroit tant
de loüanges, l'emporta.

C'est dans cet Ouvrage que les Faiseurs d'Histoires Romanesques apprirent à ne s'éloigner jamais du vrai-semblable, & à écrire avec ordre. On commença dèlors à distinguer les Romanciers des Poëtes : on ne donna plus le nom de Roman qu'aux Histoires en prose ; on les rendit moins figurez ; on ne les chargea, que d'aventures d'amour ; on n'y parla de la guerre que par accident, & on les assujettit à l'unité d'un sujet qui se passe dans un an.

La Poësie auroit été entierement étouffée en France, par l'inondation des Romans, dont nous venons de parler, si elle n'avoit trouvé un refuge en Languedoc.

En mille trois cens vingt-quatre, Dame Clemence Isaure,
de la Maison des Comtes de
Toulouse, y convoqua tous
les Poëtes & les Trouve-
res du voisinage, & promit
de donner une violette d'or à
celui qui feroit les plus beaux
Vers. Elle donna ensuite un
fonds, dont le revenu devoit
être employé à ce prix. On peut
dire qu'elle se fonda par-là des
loüanges éternelles : on va toutes les années répandre des
fleurs sur son tombeau ; on en
couronne sa statuë, qui est à
l'Hôtel de Ville, avec celles
des gens illustres de Languedoc, & l'on fait une Piece en
Latin à sa gloire. Aprés la mort
de cette Dame, dont la me-

moire eſt ſi celebre, les Magiſtrats de Toulouſe, où l'eſprit eſt ſi generalement répandu, ordonnerent que tout ce
qu'elle avoit inſtitué ſeroit exactement obſervé à l'avenir.

Ceux, qui jugeoient des Ouvrages, étoient appellez *les*
Mainteneurs de la Gaye Science;
le lieu, où l'on s'aſſembloit,
étoit orné de fleurs ; le prix
étoit une violette ; on la donnoit le premier jour de May :
toutes ces raiſons firent appeller cette inſtitution *Jeux floraux.*
Pour donner plus d'émulation
aux Poëtes, on ajoûta encore
deux prix, qui furent un Souci,
& une Eglantine, qui eſt une
eſpece de Roſe : Celui, qui remportoit les trois fleurs, étoit reçû

Docteur en Science Gaye : on demandoit le Doctorat; on étoit reçû, & les Lettres étoient ex- pediées en Vers.

Celui, qui remportoit le pre- mier prix, étoit honnoré du nom de Roi, & donnoit les canne- vas fur lefquels, on devoit tra- vailler l'année fuivante.

On faifoit ordinairement un Chant de trois ou quatre Stan- ces; le dernier Vers de la pre- miere, devoit fervir de refrain aux autres, & parce qu'on adref- foit cet Ouvrage au Roi, dont nous venons de parler, on l'ap- pelloit *Chant Royal* : on fit en- fuite des Balades, qui étoient moins longues que le Chant Royal.

Ordinairement à la fin de ces deux

deux Poëmes, on mettoit en cinq Vers un abregé du fujet, qu'on appelloit envoi, parce qu'on l'adreffoit au Roi, pour se le rendre favorable.

C'eft du Chant Royal & de la Balade, que font venus le Lay, le Virelay, le Rondeau, le Trio-let, & tous les petits Ouvrages dont le refrain fait l'agrément.

L'inftitution des Jeux Floraux ranima un peu la Poëfie dans le Languedoc, & dans le refte du Royaume ; mais elle eut bien-tôt aprés un furieux contre-tems.

Charles le Bel étoit mort fans enfans, Philippe de Valois, Oncle des trois derniers Rois, fut élevé fur le Trône: Edoüard III, Roi d'Angleterre, préten-

I

doit, malgré la Loi Salique, he-
riter de cette Couronne, comme Fils d'Isabelle de France,
Sœur de Charles. Cette pré-
tention chimerique fut la source
des longues guerres, qui coû-
terent tant de sang, & aux
François & aux Anglois ; dés
qu'elles furent allumées ; les
rebellions, les ligues, les cabales troublerent tout le Royaume, & les Muses furent entierement negligées. Sous Jean
Premier, Charles-le-Sage, &
Charles-le-Bien-aimé ; le Maire
de Belges & Andrelin furent
les seuls Poëtes, qui s'acquirent
quelque réputation ; le dernier
ne se picquoit que de faire beaucoup de Vers, parce qu'on les
lui payoit au cent, & qu'on les

imprimoit aux dépens du Roi,
dont il se disoit fierement le
Poëte, selon la coûtume des
Auteurs de ce tems-là, qui prenoient souvent la qualité d'O-
rateurs ou de Poëtes du Prince
qui leur faisoit du bien. Les Ri-
mailleurs, qui ne pouvoient plus
contenter ni l'esprit ni l'oreille,
cherchoient à plaire aux yeux ;
ils s'appliquoient sérieusement
à faire de differentes figures par
l'arrangement des Vers de toutes les especes : les uns formoient
des croix & des triangles, les
autres des râteaux & des four-
ches : ils inventerent les rimes
batelées, les coronées, les fra-
ternisées, & mille autres pue-
rilitez, dont la finesse ne con-
sistoit que dans un certain arran-

gement : la plûpart même des
Poëtes se picquoient d'écrire sur
des sujets les plus bisarres. Il y a
apparence, qu'on donna le prix
à celui, qui fit trois ou quatre
cens Vers à la loüange des Bar-
bes Rousses.

Aprés la mort de Jeanne Premiere, Reine de Naples, & Comtesse de Provence, les Troubadours n'avoient plus eu d'accés
auprés des Grands, & lassez de
prodiguer leurs encens, ils
avoient cessé d'écrire. Les Jongleurs, qui n'avoient plus rien de
nouveau pour divertir le Public,
furent si fort méprisez, que pour
signifier une chose basse & ram-
pante, & même une menterie,
on disoit, *c'est jonglerie.*

Les Anglois & les Bourgui-

gnons s'étoient rendus maîtres
des plus belles Provinces du
Royaume, quand Charles VII.
monta sur le Thrône. Ce Prince se vit réduit à se fortifier
dans Bourges, & malgré tant
de victoires qu'il remporta ensuite, son regne ne fut jamais
bien tranquile ; les Gens de
Lettres furent pourtant toûjours
regardez favorablement à sa
Cour.

Alain Chartier, son Secretaire,
qui fit briller quelques foibles
lueurs de Poësie, y fut tant estimé, que Marguerite d'Ecosse,
alors Dauphine, le trouvant
un jour endormi dans une antichambre, le baisa : Je ne baise
pas l'homme (dit-elle, pour sa
justification) mais la bouche

I iij

d'où fortent tant de mots dorez.

Les Vers d'Alain font fi rudes & fi obfcurs, que fa feule Profe peut faire excufer le baifer de cette Princeffe.

Loüis XI. étoit peut-être trop politique pour aimer des gens, qui fouvent font gloire de parler hardiment : on ne vit point de Poëtes à fa Cour ; cependant fous fon regne la Poëfie commença à fe débroüiller.

François Corbueil donna à fes Vers un arrangement naturel, & tel que le demande la Langue Françoife Jufques alors les Poëtes avoient crû rimer, pourvû qu'il y eut quelque chofe d'unifonne à la fin de leurs Vers : Corbueil connut

combien l'harmonie des rimes
riches est agreable à l'oreille, il
s'appliqua à les rechercher ; il
fit revivre la Balade & le Rondeau, qu'on appelloit ainsi,
parce qu'en le récitant, on re-
vient où l'on a commencé, comme si l'on tournoit autour d'un
rond. Les ouvrages de ce Poëte
furent estimez de tout le monde ; mais il étoit né pauvre, &
ses pressans besoins le forcerent
à faire mille friponneries ; c'est
pour cela qu'on l'appelloit *Vil-*
lon, qui en vieux langage signifie fripon. Il fut condamné par
Sentence du Châtelet à être
pendu ; il appella au Parlement,
qui crut que c'étoit imposer une
peine assez rude à un homme
d'esprit ; que de le bannir de

Paris. Corbueil avoit tant de naturel pour la Poësie, que les horreurs d'une Sentence de mort ne lui firent pas perdre l'envie de rimer ; aprés sa condamnation du Châtelet, il fit les Vers suivans ;

Je suis François , dont ce me
*   poise ,*
Nommé Corbueil en mon sur-
*   nom ,*
Né de Paris en prés Pontoise ,
Et du commun nommé Villon ;
Or d'une corde d'une toise ,
Sçaura mon col que mon cul
*   poise.*

Quoique Villon eut entr'ouvert le chemin du Parnasse, personne ne marcha sur ses pas, que long-tems aprés. Sous Charles VIII. & Loüis XII, les Poë-

tes ne fe donnoient la gehenne
que pour faire de mauvais Ouvrages ; tantôt ils faifoient rimer la fin d'un Vers avec le
commencement d'un autre; tantôt ils mettoient la rime au repos
& à la fin, ils faifoient de longues tirades de Vers, dont tous
les mots commençoient par la
même lettre , & les plus beaux
génies fe bornoient à faire des
Acroftiches. Il arriva pourtant
plufieurs chofes, qui contribue-
rent à l'embelliffement de la
Poëfie : la Langue Françoife
n'avoit point encore de regles
certaines pour l'Ortographe, ce
qui caufoit fouvent de la confufion dans les Vers, parce que
chacun les écrivoit & les pro-
nonçoit à fa fantaifie : mais l'Im-

primerie , dont les premiers ef-
fais avoient paru à Cologne, fut
apportée en France par trois
Allemands ; la maniere dont
les mots doivent être écrits fut
fixée , & l'on fçut à quoi s'en
tenir pour la rime.

Depuis que les Ottomans
avoient pris Conftantinople ,
ceux, qui y profeffoient les belles Lettres, s'étoient difperfez ;
il en étoit venu quelques-uns à
Paris , ils y enfeignoient publi-
quement la Langue Grecque
& la Latine, & les Poëtes François commencerent à fe fami-
liarifer avec les Anciens. On
prit grand foin de rechercher
tous les Ouvrages de l'antiquité,
& d'en faire une Bibliotheque,
dans laquelle tous ceux , qui

cultivoient les Mufes, pouvoient
puifer.

Octavien de Saint Gelais tra-
duifit Homere & Virgile, il
enhardit fes contemporains à
l'imiter, & tout fe difpofoit à
faire briller la Poëfie fous François Premier.

Ce Prince n'eut qu'à s'aban-
donner à fon heureux naturel,
pour être un des plus grands
Monarques du monde ; il étoit
intrepide, genereux, affable,
indulgent & magnifique ; les
guerres continuelles, qu'il fut
obligé de foûtenir contre prefque toutes les Puiffances de
l'Europe, ne l'occupoient pas fi
fort, qu'il ne fe donnât de grands
foins pour faire fleurir les Sciences & les belles Lettres dans

tout ſon Royaume ; il envoya
des gens juſques en Orient pour
y chercher de beaux Ouvrages;
il fonda le College des douze
Profeſſeurs , & il établit des
Imprimeries : il connoiſſoit ſi
bien les beautez de la Langue
Latine , qu'il ne pouvoit ſouffrir les termes barbares,dont on
ſe ſervoit dans les Contrats &
dans les Decrets de la Juſtice ,
& il ordonna de contracter &
de prononcer les Arrêts en
François : il aimoit la Poëſie, &
montoit même quelquefois ſur
le Parnaſſe. En paſſant par Avignon,il honnora le Tombeau de
la belle Laure de cette Epitaphe de ſa façon:

En petit lieu compris vous pou-
    vez voir

Ce qui comprend beaucoup par
    renommée :
Plume, labeur, la langue, & le
    devoir
Furent vaincus par l'Amant de
    l'Aimée :
O gentil ame, étant tant estimée,
Qui te pourra loüer qu'en se tai-
    sant,
Car la parole est toûjours repri-
    mée,
Quand le sujet surmonte le di-
    sant.

On peut dire, que l'esprit de
ce Grand Roi n'a pas moins
contribué à rendre sa memoire
éternelle, que ses belles actions;
les bienfaits, qu'il répandoit sur
tous les Gens de Lettres, en
attirerent beaucoup en France,
& l'on vit tant de Poëtes sous

ſon regne, qu'on pourroit encore en compter plus de deux
cens, dont les Ouvrages ont
été imprimez ; mais je n'en parlerai pas : comme je ne fais ici
que l'Hiſtoire de la Poëſie, je
croi ne devoir faire mention,
que de ceux, qui ont contribué
à l'embellir, & qui ont eu part
à quelqu'un de ſes évenemens.

Marguerite de Valois, Sœur
du Roi, & Reine de Navarre,
écrivoit bien en Vers ; elle fit la
Marguerite des Marguerites ; je
ne ſçai ſi l'on doit lui attribuer
quelque autre choſe. Cette
Princeſſe faiſoit gloire de pro-
teger les gens d'eſprit ; auſſi ne
furent-ils pas ingrats, ils lui
donnerent beaucoup de loüanges pendant ſa vie, & aprés ſa

mort, ils lui firent tant d'Epitaphes, qu'il y en eut affez pour
en faire un gros Recueil.

Clement Marot avoit l'efprit
vif, agréable & badin ; il s'étoit
formé à la Poëfie fous fon pere,
qui étoit auffi Poëte ; il fçut
gagner l'amitié du Roi , dont il
étoit Valet de Chambre ; mais
il n'en connut pas affez bien le
prix : il fe laiffa ébloüir à l'apparence de réforme , fous laquelle le Calvinifme fe répandoit alors dans le Royaume ;
la liberté avec laquelle il parloit des chofes les plus faintes ,
força les Magiftrats de s'affurer
de fa perfonne ; le Roi lui accorda fa grace dans le tems qu'il
étoit en Efpagne ; mais il n'en
devint pas plus moderé, il con-

tinua de parler en heretique, &
de peur d'être arrêté une ſe-
conde fois, il ſortit du Royaume : il erra long-tems dans les
Païs étrangers ; il mourut enfin
à Turin, accablé de miſeres. Il
étoit grave & ſérieux, & d'une
converſation fort froide, ce qui
fait bien voir que ſouvent on
devient triſte, par la grande application, qu'on a à divertir les
autres. C'eſt le premier des
Poëtes François, qui a fait parler les Muſes d'un ſtile enjoüé
& badin, ſans tomber dans la
baſſeſſe : il ſçut donner à la Balade ce tour naturel, qui en fait
la beauté, comme on peut voir
par celle-ci ;

Pour courir en poste à la Ville,
Vingt fois, cent fois, ne sçai com-
    bien,
Pour faire quelque chose vile,
Frere Lubin le fait fort bien :
Mais d'avoir honnête entretien,
Ou mener vie salutaire,
C'est à faire à un bon Chrétien ;
Frere Lubin ne le peut faire.

Pour mettre comme un homme
    habille,
Le bien d'autrui avec le sien,
Et vous laisser sans croix ni pile,
Frere Lubin le fera bien :
On a beau dire, je le tien,
Et le presser de satisfaire,
Jamais ne vous en rendra rien,
Frere Lubin ne le peut faire.

Pour débaucher par un doux
    stile,   K

Quelque fille de bon maintien ,
Point ne faut de vieille subtile ,
Frere Lubin le fera bien.
Il prêche en Theologien ;
Mais pour boire de bonne eau
    claire ,
Faites la boire à vôtre chien ,
Frere Lubin ne le peut faire.

ENVOI.

Pour faire plutôt mal que bien ;
Frere Lubin le fera bien :
Mais si c'est quelque bonne af-
    faire ,
Frere Lubin ne le peut faire.

A l'exemple d'Octavien de
Saint Gelais , Marot traduisit
une des Eglogues de Virgile , &
c'est d'ailleurs le premier des

Poëtes François, qui en ont donné de leur invention : c'eſt le
premier auſſi qui a fait des Elegies & des Epigrammes ; il donnoit les dernieres ſous le nom
de Quatrains, de Sixains, &
tres-ſouvent de Dixains, parce
qu'il en ignoroit encore le veritable nom.

L'Epigramme doit renfermer
une penſée ingénieuſe dans une
narration ſimple & ſuccinte ; le
ſel doit en être répandu dans
toute la piece ; le ſtile n'en doit
être ni enflé ni pompeux, &
la fineſſe ne conſiſte pas, comme beaucoup de gens croyent
encore, à la pointe qu'on peut
y trouver à la fin. Toutes ces
qualitez ſe trouvent dans celles de Marot : il mit celle-ci

dans le commencement des
œuvres de Villon, quand il les
fit imprimer par ordre du Roi:

Peu de Villons en bon ſçavoir,
Trop de Villons pour décevoir.

SUR LA MORT DE
Semblençay.

Lorſque Maillart , Juge d'En-
  fer , menoit
A Monfaucon, Semblençay, l'ame
  rendre ,
A vôtre avis , lequel des deux
  tenoit
Meilleur maintien? pour vous le
  faire entendre ,
Maillart ſembloit homme que
  mort va prendre ,
Et Semblençay fut ſi ferme vieil-
  lard ,

Que l'on cuidoit, pour vray, qu'il
    menoit pendre
A Monfaucon , le Lieutenant
    Maillart.

A MELIN.

Ta lettre, Melin, me propose,
Qu'un gros Sot en rime compose
Des Vers, par lesquels il me point:
Tiens-toy seur , qu'en rime n'en
    prose,
Celuy n'écrit aucune chose ,
Duquel l'Ouvrage on ne lit point.

L'Epitaphe , qui n'est autre
chose que l'Epigramme sur les
morts , a toûjours été en usage
en France ; mais Marot est le
premier qui a sçû l'embellir d'a-
greables pensées : il a aussi dé-

broüillé le Rondeau, ce qu'on
peut voir dans celui-ci :

Au bon vieux tems , un train
d'amour regnoit ,
Qui sans grand art, & dons, se
demenoit,
Si qu'un bouquet donné d'amour
profonde ,
C'étoit donner toute la Terre
ronde ,
Car seulement au cœur on se pre-
noit ;
Et si par cas à joüir on venoit ,
Sçavez-vous bien comme on s'en-
tretenoit ?
Vingt ans , trente ans ; cela du-
roit un monde ,
Au bon vieux tems.

Or est perdu ce qu'Amour on
donnoit ,

Rien que pleurs feints, rien que
    changes on n'oit ;
Qui voudra donc qu'à aimer je
    me fonde ?
Il faut premier que l'Amour on
    refonde ,
Et qu'on le mene ainsi qu'on le
    menoit
       Au bon vieux tems.

Marot s'apperçut le premier
que pour rendre le Rondeau
parfait, il faut donner trois si-
gnifications differentes à son refrein ; à quoi beaucoup de Poëtes de ce tems ne font pas atten-
tion.

Il s'appliqua aussi à ne finir
jamais la premiere hemistiche
d'un Vers, par une voyelle fe-
minine, comme faisoient la plu-

part de ſes contemporains : il
rechercha les rimes riches avec
beaucoup plus de ſoin encore
que n'avoit fait Villon.

Tous les Poëtes lui ſeroient
jamais redevables d'avoir ren
du le langage du Parnaſſe in
telligible, agréable, & enjoüé
s'il n'y avoit ſouvent mêlé ce
lui des Halles : ſes ouvrage
ſeront toûjours des écueils pou
les Auteurs de mauvais goût
qui veulent l'imiter en ce qu'i
a de moins imitable, & pour le
jeunes gens, qui n'en apprennent
ordinairement que les obſceni
tez. On peut encore reproche
à Marot de s'être ingeré mal à
propos de traduire juſques à
cinquante Pſeaumes de David,
& de ne s'être pas défié de ſon
ſtile

ftile badin, en écrivant des choses auſſi ſaintes.

Marot étoit le ſeul Poëte, que
la Cour admiroit, quand Melin de Saint Gelais y parut, &
délors l'encens fut partagé entr'eux : mais ce dernier étoit
fort ſavant ; il ſe forma ſur les
Anciens, & s'éleva au deſſus
de ſes Contemporains : il donna un tour ſi naturel à ſes Epigrammes, qu'on les préfera à
celles de Marot. En voici deux
de ſa façon.

> *Dis-moi, Ami, que vaut-il*
> *mieux avoir,*
> *Beaucoup de bien, ou beaucoup*
> *de ſavoir ?*
> *Je n'en ſçai rien ; mais les Sça-*
> *vans je voi,*

L

Faire la cour à ceux qui ont de-
quoi.

Celle-ci fut mife fur le Ca-
lendrier d'une des Filles de la
Reine,

S'il vous plaifoit marquer en
tête
Un jour ordonné pour m'aimer ,
Je l'aurois pour une grand'Fête;
Mais point ne voudrois la chom-
mer.

Nous avons vû que Thibaut,
Comte de Champagne, parloit
du Sonnet , & que ce n'étoit
alors qu'une Chanfon : depuis
ce tems-là jufques au Regne de
François Premier , nos Poëtes
n'en avoient fait aucune men-

tion : il avoit paſſé en Italie
avec beaucoup d'autres eſpeces
de Poëſie ; il y avoit changé de
nature, & Saint Gelais le fit revenir en France.

Les Italiens ne connoiſſoient
point l'Epigramme ; ils donnoient les ouvrages, qui en
avoient la fineſſe, ſous le nom
de Madrigal ; Saint Gelais apprit d'eux à en faire : mais en
France on ne lui fit pas embraſſer toutes ſortes de ſujets, comme à l'Epigramme; on le deſtina
d'abord à la Poëſie * erotique.

Du Belay n'auroit pas eu beſoin de ſes talens pour s'introduire à la Cour ; il étoit d'une
famille illuſtre, & couſin du
Cardinal du même nom : ce-

* d'amour.

pendant ſes Ouvrages le firent
autant eſtimer du Roi & des
Courtiſans, que ſa naiſſance.
On peut le regarder comme le
premier des Poëtes François, qui
s'eſt appliqué à donner de la
douceur & de l'harmonie à ſes
Vers, il obſerva les regles étroi-
tes du Sonnet, & le réduiſit au
point, où il eſt.

Cet écueil de la Poëſie doit
avoir tout le ſel de l'Epigramme, qui lui a donné la naiſſance, & il doit marcher d'un pas
plus grave & plus pompeux
qu'elle: On le fixa à deux Quatrains & deux Tiercets: il faut
que chaque Quatrain renferme
un ſens parfait, & que l'un &
l'autre tombent ſur deux rimes
maſculines & deux féminines;

que les deux Tiercets soient
encore coupez par le sens; qu'au
huitiéme Vers le Sonnet paroisse
achevé ; & que tout, ce que di-
sent les douze ou les treize derniers Vers , ne soit que pour
conduire le Lecteur à une pensée ingénieuse , dont il n'a pû
s'appercevoir ; on y demande
enfin tant de pureté , qu'un ter-
me bas, & un mot repeté en ter-
nissent la beauté. Gombaud a
eu raison de dire, qu'il n'y en a
point de parfait, & c'est-là qu'on
pourroit appliquer à propos la
pensée de Montaigne , lors qu'il
dit , que les hommes ont la folie de se faire des regles en tout,
qu'ils ne peuvent pas suivre. Du
Belay auroit pû aller plus loin
qu'il n'a pas fait ; mais il mourut

jeune : il renonça même à la Poësie, aprés qu'il eut été nommé à l'Archévéché de Bourdeaux.

Michel Pourrée , animé d'un zéle qu'on ne sçauroit trop loüer, composa quelques Hymnes Françoises pour celebrer la Naissance du Sauveur : à son imitation on en fit quantité dans tout le Royaume, qu'on appella *Noëls* , du jour de la Fête à laquelle ils étoient destinez : on les chantoit dans leur commencement avec beaucoup de réverence, & ce ne fut que dans la suite qu'on y mêla mal à propos des choses qui conviennent mieux à un Vaudeville, qu'à un Chant sur un aussi grand Mystere.

En beaucoup de Villages des montagnes de Dauphiné & de Provence, il y a encore des Recueils de ces Cantiques, que l'on fit de ce tems-là; on les conserve comme autant de Registres publics, où le jour de Noël, chacun est en droit d'aller prendre ceux, qui lui conviennent.

Au commencement du regne d'Henri II. la Poësie ne brilloit point en France : Marot étoit hors du Royaume, Saint Gelais ne songeoit qu'à joüir de la réputation, qu'il s'étoit acquise : du Belay avoit renoncé aux Muses ; d'ailleurs le Roi n'étoit occupé qu'à appaiser les séditions, qui naissoient dans ses Etats, à en chasser les Anglois,

& à fortifier ses frontieres : mais
dés qu'il fut paisible sur le Trône, il fit voir qu'il n'aimoit pas
moins les gens d'esprit que François Premier : il en donna une
grande marque au savant A-
miot ; il le choisit sur sa réputation pour élever les Enfans de
France, sans que personne eut
parlé en sa faveur : cette prédi-
lection pour un homme, qui
n'étoit recommandable que par
son esprit & par sa science, donna de l'émulation à tous ceux
qui avoient quelque talent, &
les Poëtes chercherent à se faire
connoître par leurs Ouvrages :
c'est ce que Guy le Febvre nous
apprend par ces Vers de sa Gal-
liade :

Mais quand Henry ſecond,
  aprés François ſon pere,
Eut le gouvernement & le regne
  proſpere,
Adonques les Neuf Sœurs étale-
  rent dehors
Tous les joyaux exquis & les
  rares treſors,
Qu'elles avoient acquis au replis
  de tant d'âges,
En tant de Nations, & en ſi
  longs voyages.

Ronſard ſe diſtingua d'abord
des Poëtes qui parurent alors
ſur les rangs : il devoit beaucoup à la nature ; ſa naiſſance
étoit illuſtre : avec tous les agrémens du corps, il avoit toute la
ſoupleſſe de l'eſprit : il paſſa les
premieres années de ſa jeuneſſe

auprés du Dauphin, dont il étoit
Page. Il voyagea quelque tems
dans les Païs étrangers : à ſon
retour il s'abandonna entierement
à ſon inclination pour la
Poëſie: il étudia les Poëtes Grecs
& Latins, ſoûs le celebre Dorat,
qui avoit une methode aiſée
pour enſeigner les Langues.
Les premiers fruits de la veine
de Ronſard furent tres-bien reçus
du Public : il gagna le prix
des Jeux Floraux, & les Magiſtrats
de Toulouſe lui firent
preſent d'une Minerve d'argent
maſſif, au lieu d'une fleur qu'il
avoit gagnée. Sa réputation
naiſſante lui attira beaucoup
d'envieux, qui ſe déchaînerent
contre ſes Ouvrages ; il en eut
de ſi foibles qu'il ne daigna pas

leur répondre, mais il en trouva de redoutables à la Cour.
Saint Gelais tâchoit de détruire
la prévention favorable qu'on
avoit pour une Muse qui n'a-
voit que de l'enflûre : il en disoit son sentiment même en
presence du Roi, ce qui obligea
Ronsard de faire cette Priere au
Ciel :

Ecarte loin de mon chef
Tout malheur & tout mechef,
Préserve-moy d'infamie,
De toute langue ennemie,
Et de tout acte malin,
Et fais que devant mon Prince,
Desormais plus ne me pince
La tenaille de Melin.

Ces deux Poëtes partagerent

pendant quelque tems tous les
beaux Esprits ; mais le Roi se
déclara pour Ronsard, & fit entierement pancher la balance.
Quel triomphe pour un Poëte,
prévenu que la Poësie étoit née
en France avec lui ! il ne regarda plus le Parnasse, que comme
un Conquerant regarde un Païs
qu'il vient de soûmettre ; il se
crût en droit d'y renverser tout,
& d'y établir de nouvelles loix.
Du Belay avoit soûtenu que la
Langue Françoise étoit assez ri-
che & assez belle pour traiter
toutes sortes de sujets, & pour
exprimer les pensées les plus ingénieuses.

Ronsard au contraire la trouva tres-pauvre ; il soûtint, qu'il
falloit l'enrichir de termes Grecs

& Latins ; il força les Mufes
Françoifes à parler le langage
d'Athènes & celui de Rome,
ce qu'il nous apprend lui-même
par ce Vers, où il parle en vé-
ritable Souverain :

. . . . Je fis de nouveaux mots,
J'en condamnay des vieux.

Il affectoit d'ailleurs, de faire
entrer tant d'érudition dans fes
Ouvrages, que fes Maîtreffes
mêmes avoient befoin d'un
Commentaire, pour entendre
les Vers, qu'il faifoit pour elles;
témoin le Sonnet qu'il fit pour
une Demoifelle de Blois, à laquelle il parle, comme il auroit
fait à la Fille de Priam;

Je ne fuis point, ma guerriere,
Caffandre,

Ni *Mirmidon* , *ni Dolope* *sou-*
    dard ,

Ni cet *Archer* , dont l'homicide
    dard ,

Tua ton *frere* , *& mit l'Asie en*
    cendre , &c.

    Les ennemis de Ronsard lui
reprochoient, qu'il affectoit trop
d'imiter Pindare, il répondit:

    Si dés mon enfance
Le premier en France ,
J'ay Pindarisé ,
De cette entreprise ,
Heureusement prise ,
Je me vois prisé.

    Depuis ce tems-là, quand quel-
qu'un affecte un stile trop re-
cherché , ou en Vers , ou en

Prose, on dit ; *il Pindarise.*

Le faste de la Muse de Ronsard, fit échoüer beaucoup de
Poëtes, qui croyoient que pour
bien écrire en Vers, il ne falloit
qu'entasser beaucoup de mots
Grecs & Latins, & faire paroître beaucoup de science, pour
mettre l'esprit des Lecteurs à la
torture. Cette folie alla si loin,
que Maurice Seve crut meriter
des lauriers, parce qu'il avoit
fait des Vers, dont chaque mot
demandoit un Commentaire.

Si Ronsard broüilla la Poësie,
il contribua d'ailleurs à son
avancement : c'est le premier
des Poëtes François, qui a donné
des Odes de sa façon, ausquel-
les on n'a fait embrasser dans la
suite, que des matieres héroï-

ques, dont on leur a donné
le stile pompeux : l'Hymne,
qui n'étoit destiné qu'au culte
des Dieux & aux Mysteres de
la Religion, fut employé par
Ronsard à toutes sortes de sujets : on prétend même, que
ceux, qu'il fit sur les Quatre
Saisons, marquent plus le génie
de l'Auteur, qu'aucun de ses autres Ouvrages : il donna aussi
la naissance à l'Epithalame ; la
premiere qu'il composa, fut
pour celebrer l'hymen de Monsieur de Vendôme avec Jeanne
d'Albret, Reine de Navarre. Il
y eut alors quelques autres
Poëtes, qui firent aussi paroître
des nouveaux genres de Poësie.

Grevin, qui dés l'âge de vingt-
deux ans, s'étoit fait admirer par
beaucoup

beaucoup d'Ouvrages, imita
les Poëtes Italiens & les Espagnols, il apprit d'eux à faire des
Villanelles ; ce font ces Chanfons, dans lefquelles on fait parler des Bergers & des Bergeres,
de leur tendreffe ; elles devinrent bien-tôt à la mode, & depuis ce tems-là on s'en eft fervi
en France, pour exprimer la
morale, les maximes d'amour,
& tout ce que cette paffion peut
infpirer de doux & de tendre.
Par une raifon affez naturelle,
les Rois & les Grands fe font
accoûtumez à ne chanter que
les amours des Bergers, & ceux-
ci chantent prefque toûjours
les avantures des Grands : les
premiers aiment les idées de la
Campagne, que ces Chanfons
M.

leur donnent ; les autres trouvent un merveilleux aux moindres actions des Rois & des
Princes.

La Prose & les Vers mar-
chent d'un pas si inégal, qu'il
n'y avoit pas lieu de croire qu'on
dût jamais les faire aller ensemble : cependant La Fresnaye en
fit un assez agréable mélange :

> *Et toutefois dire je l'ose,* dit-il,
> *Que des premiers aux Vers, j'ai*
> *marié la Prose.*

Cette maniere d'écrire parut
fort commode aux gens, qui
n'avoient pas assez de génie pour
traiter un sujet suivi. On vit d'a-
bord beaucoup de ces Ouvrages ; mais les Poëtes ne se servoient le plus souvent de la
Prose , que pour placer à pro-

pos un Quatrain ou un Sixain.

La Frenaye eft le premier auffi,
qui a donné des Idylles en François. Il ne fera pas hors de propos d'obferver ici une chofe
affez finguliere : les Grecs, qui
les premiers retracerent les
amours, les jeux, & les amufemens des gens de la Campagne, donnerent le nom de Bu-
coliques à leurs Poëmes, parce
qu'ils n'y faifoient parler que
des gardeurs de bœufs, comme
nous avons vû ; & en France,
où l'on ne fait parler que des
gardeurs de brebis, qu'on appelle Bergers, le mot de *Bou-*
vier eft devenu fi bas, qu'il ne
fauroit entrer dans un Poëme,
auquel il a donné fon nom.

Comme Ronfard fe croyoit

M ij

en droit de juger du merite des
Ouvrages des autres , il fit une
Plaïade à l'imitation de celle
des Grecs ; il s'y mit hardiment
à la tête, & les autres qu'il
choifit , furent , du Belay , dont
nous venons de parler , Baif ,
Pontus de Thyard , Remi Beleau , Jodelle , & Dorat : chacun rangeoit ces Poëtes felon
qu'il les eftimoit. Baif, Secretaire de la Chambre du Roi ,
avoit étudié avec Ronfard , il
connoiffoit comme lui les Poëtes Grecs & les Latins : c'eft lui
qui fit connoître le nom d'Epigramme , qu'on donna aux Ouvrages , qu'on appelloit Sixains ,
ou Huitains ; & pour avoir la
gloire d'être original en quelque chofe , il fit des Vers fans

rimes, mesurez comme ceux
des Latins; mais ils choquoient
l'oreille, & ils furent mal reçus
du Public : il ne se rebuta pas,
il établit une Académie de Musique, croyant qu'il apprendroit
enfin à donner à ses Vers, sans
rime, l'harmonie & la cadence,
qu'avoient les Lyriques des
Grecs, & ses peines furent toûjours inutiles.

Pasquier, Vigenaire, & tous
ceux qui dans la suite voulurent l'imiter en cela, échoüe-
rent comme lui. Pontus de
Thyard, Evêque de Châlons,
s'étoit fait estimer par ses Sonnets & par ses Vers Lyriques, il
est singulier en une chose : il ne
se contenta pas dans sa vieil-
lesse de renoncer à la Poësie, il

décria tout ce qu'il avoit fait,
& s'efforça d'en faire voir le ridicule : on peut dire, qu'il étoit
bien détaché de l'amour propre, s'il fit ce ſacrifice par hu-
milité.

Beleau eut aſſez d'eſprit pour
s'appercevoir, qu'en ſuivant un
chemin moins heriſſé & moins
rude, que celui que tenoit Ronſard, il pourroit mieux plaire
que lui : il s'appliqua à polir
ſon ſtile, à faire des peintures
naturelles de tout ce qu'il vouloit exprimer : il réuſſit ſi bien
qu'on l'appella le Poëte de la
nature. Il traduiſit les Odes
d'Anacreon, & on diſoit, qu'il
s'étoit bâti un tombeau de pier-
res précieuſes, parce qu'il en
avoit fait un traité.

Etienne Jodelle eſt le premier
de nos Poëtes François, qui a
mis ſur le Theatre la Comédie,
en la forme des Anciens.

Quoique Dorat n'eût pas excellé en l'art de faire des Vers,
il rendit de grands ſervices à la
Poëſie, par la maniere aiſée,
avec laquelle il apprenoit à ſes
diſciples à puiſer dans les Grecs
& dans les Latins. C'étoit d'ailleurs un critique, dont la ſeve-
rité étoit à craindre pour les
Poëtes, qui ſommeilloient ſur le
Parnaſſe ; c'eſt lui qui le premier
apprit aux François cette tranſ-
poſition de noms, qu'il appelloit *Anagramme*, & qu'il pré-
tendoit avoir tiré des Grecs.

Comme il ne faut que de l'application, pour réuſſir à ces ſor-

tes d'Ouvrages, tout le monde
se mêla d'abord d'en faire ; il
n'y eut point de nom dans lequel, ou en bien, ou en mal,
on ne trouvât quelque chose.
Ce qui fit dire long-tems après
à Colletet, écrivant à Ménage:

J'aime mieux, sans comparaison,
Ménage , tirer à la rame ,
Que d'aller chercher la raison
Dans les replis d'une Anagram-
    me :
Cet exercice monacal ,
Ne trouve son point vertical ,
Que dans une tête blessée ;
Et sur Parnasse nous jurons ,
Que tous ces renverseurs de
    noms
Ont la cervelle renversée.

Il y eut quelques Poëtes dans
    ce

ce tems-là, qui furent fort eſti-
mez, du nombre deſquels étoit
Mr d'Aubigné, Mareſchal des
Camps, & Commandant à Caſ-
tel-jaloux : nous avons de lii
ſept differens traitez des miſeres de ſon ſiecle.

François II. fut ſi peu de tems
ſur le Thrône, que ſous ſon
regne on ne s'apperçut d'aucun
changement à la Poëſie.

Charles IX. fut couronné à
un âge, auquel on eſt moins
ſenſible à la gloire de regner,
qu'aux plaiſirs & aux amuſe-
mens de la jeuneſſe : la Reine,
qui aimoit à gouverner, ne mit
auprés de ce jeune Prince, que
des gens, qui pour le détourner
de la connoiſſance des affaires
d'Etat, prenoient ſoin de l'amu-

N

fer par la chaffe, le jeu, la mufique, & la danfe : l'on s'apperçut qu'il aimoit la Poëfie , &
l'on n'oublia rien pour fortifier
en lui une inclination, qui pouvoit feule l'occuper tout entier;
les Poëtes eurent bien-tôt un
accés libre à la Cour; les Courtifans & les Favoris recher-
choient leur amitié : cependant,
bien loin de s'efforcer à meriter
cet honneur, ils tomberent dans
une fi grande négligence, qu'ils
ne prenoient plus aucun foin de
rendre leurs Vers agréables à
l'oreille : ils n'évitoient jamais
la rencontre de deux voyelles,
qui ne font point d'élifion , &
que la Profe évite fouvent, aux
dépens même de la conftruc-
tion naturelle ; toute épithete

étoit bonne, pourvû qu'elle remplit l'espace, qu'on lui destinoit;
on la mettoit indifféremment
devant ou après le substantif,
un blanc cheval, & *un cheval
blanc*, étoit pour lors la même
chose; on allongeoit & on ra-
courcissoit les mots, selon que
le besoin le demandoit; on disoit *Cherub.* pour *Cherubin* ma-
gnifiq. pour *magnifique*, & Ronsard qui décidoit alors de tout,
soûtenoit que l'on pouvoit dire,
épé, pour *épée*, *Ené*, pour *Ænée*;
on ne se donnoit pas seulement
la peine d'éviter que le repos
du Vers n'en coupât le sens; on
le mettoit même quelquefois
entre le mot & l'épithete, comme a fait Jodelle dans un Sonnet, où il dit, en parlant au Roi:

N ij

> *Pourſuis , Charles , l'heureux*
> *inſtinct de ta nature.*

Et dans un autre endroit :

> *Et qu'on croit dans le feu*
> *dévorant pouvoir vivre.*

Il ſuffiſoit alors aux Poëtes d'é-
crire bien ou mal , pour être applaudis; leurs Ouvrages avoient
le ſort des Oracles ; les obſcu-
ritez leur étoient avantageu-
ſes; chacun s'efforçoit d'y trouver de belles penſées , qu'il
n'étoit permis qu'aux Savans de
pénetrer ; les pointes & les an-
tithéſes étoient fort recherchées,
& ſouvent elles faiſoient toute
la beauté des Vers , comme en
ce Sonnet de Baïf :

> *Si ce n'eſt pas amour, que ſent*
> *doncques mon cœur ?*

Si c'eſt amour auſſi , pour Dieu
quelle choſe eſt-ce ?
Si elle eſt bonne , comment nous
met-elle en détreſſe ?
Si mauvaiſe, qui fait ſi douce ſa
rigueur ?

Si j'ars de mon bon gré, d'où
me vient tout ce pleur ?
Si maugré moy , que ſert que je
plore ſans ceſſe ?
Ô mal , plein de plaiſir ! ô bien ,
plein de triſteſſe !
O joïe douloureuſe ! ô joyeuſe
douleur !

O vive mort ! comment peux-tu
tant ſur mon ame ,
Si je ne conſens point ? mais ſi je
me conſens,
Me plaignant à grand tort, à
grand tort je me blâme.

N iij

Amour, bon ou mauvais, bon
　　gré, maugré, je souffre,
Heureux & malheureux, & bien
　　& mal je sens,
Et me plains de servir où moi-
　　même je m'ouffre.

Le Roi écrivoit fort bien en
Vers : il aimoit beaucoup la
chasse, & fit l'Art de la Vene-
rie. On voit pourtant dans cet
Ouvrage, qu'il ne croyoit pas
qu'étant né pour donner des
loix, il dût s'assujettir à toutes
celles de la Poësie.

Sous le regne d'Henri III.
Ronsard n'eut presque plus d'accés à la Cour : il en marqua ouvertement son chagrin, par ces
Vers, où il parle de sa Fran-

ciade, qu'il resolut de laisser imparfaite :

Si le Roy Charles eut vescu,
J'eusse achevé ce grand Ouvrage,
Si-tôt que la mort l'eût vaincu,
Sa mort me vainquit le courage.

Malgré tous les partisans, qu'a-voit eu ce Poëte, il ne laissa pas de s'appercevoir, que son stile enflé n'étoit plus imité, & que l'on commençoit à écrire plus naturellement que lui. Pibrac s'appliqua à la Poësie Gnomi-que ou sententieuse, & fit ces Quatrains, qui ne sont peut-être méprisez que des gens qui n'ont jamais pris la peine de les lire. Etienne de la Boëtie com-posa quantité de Sonnets sur

les matieres les plus abstraites
de la Religion; & Montaigne
en fit le sujet d'une Dissertation,
que l'on peut voir dans ses Es-
sais. Desportes acheva presque
de purger la Poësie, du barba-
risme qui s'y étoit introduit, &
ramena les Muses Françoises au
langage de leur Païs; il se forma sur les Italiens; & apprit
d'eux à répandre dans ses Vers
un noble enjouëment, tel qu'est
celui de ce Sonnet à une
Dame:

Ah, je vous entens bien, ce
　　propos gracieux,
Ces regards derobez, cet aimable
　　soûrire,
Sans me les déchiffrer, je sçay
　　qu'ils veulent dire,

C'est qu'à mes ducatons vous faites les doux yeux.

Quand je conte mes ans, Ti-
thon n'est pas plus vieux,
Je ne suis desormais qu'une mort
qui respire,
Toutefois vôtre cœur de mon
amour soûpire,
Vous en faites la triste, & vous
plaignez des Cieux.

Le Peintre étoit un sot, dont
l'amoureux caprice,
Nous peignit Cupidon, un enfant
sans malice,
Garni d'arcs & de traits, mais
nud d'acoûstremens.

Il falloit pour carquois, une
bourse luy pendre,

*L'habiller de clinquant, & luy
faire répandre ,
Rubis à pleines mains , perles &
diamans.*

C'eſt Deſportes , qui le pré-
mier a fait connoître les beautez de la Poëſie Erotique, ou de
tendreſſe : n'eût-il fait que les
Couplets de la Chanſon ſuivan-
te , on ne ſçauroit lui diſputer
cette gloire ;

*L'amour qui me rend miſerable,
Et qui me conduit au trépas,
Eſt ſi grand , qu'il eſt incroyable,
Auſſi ne le croyez-vous pas.*

Cet heureux Poëte ne ſe fit
pas une réputation ſterile , il
reçût du Roi huit mille écus

pour faire imprimer ses Ouvrages. L'Amiral de Joyeuse lui
donna une Abbaïe de trente
mille livres de rente, pour un
Sonnet : il peut dire, avec raison, qu'il a vécu au siecle d'or
de la Poësie.

 Balsac disoit, que le loisir de
dix mille écus de rente, que
Desportes s'étoit fait, est un
écueil, contre lequel les espe-
rances de dix mille Poëtes se
sont brisées.

 Du Bartas & Passerat, qui
étoient contemporains, ont quelque chose d'original ; le premier a fait voir par son Poëme
de la Semaine, que la Muse
Françoise peut traiter les matieres les plus saintes, pourvû qu'elle se conforme à la gravité d'un

semblable sujet. Passerat avoit
blanchi dans la poussiere des
Colleges, où son emploi de Professeur l'attachoit ; cependant
ses Ouvrages montroient assez
que la science la plus profonde
n'est pas toûjours refrognée, &
qu'elle n'a rien d'incompatible
avec l'enjouëment, il fit lui-
même son Epitaphe:

Jean Passerat ici sommeille,
Attendant que l'Ange l'éveille ;
Il croit qu'il se réveillera,
Quand la trompette sonnera.
S'il faut que maintenant en la
    fosse je tombe,
Qui ay toûjours aimé la paix &
    le repos,
De peur que rien ne pese à mes
    cendres, à mes os,

Amis de mauvais Vers ne chargez
pas ma tombe.

Monſieur Bertaud, Evêque
de Seés, s'étoit laiſſé ébloüir
dans ſa jeuneſſe au faux brillant des Vers de Ronſard ; mais
il ſe détrompa, il étudia Deſportes, & s'appliqua à rechercher la douceur & le naturel
dans tous ſes Ouvrages : nous
avons des Chanſons de lui, qui
ſont encore admirées;

Felicité paſſée,
Qui ne peus revenir,
Tourment de ma penſée,
Que n'ay-je en te perdant, perdu
le ſouvenir.

En imitation des Odes, on

commença dans ce tems-là à
faire des Stances en Vers de
toute eſpece, & parce que chaque Stance doit avoir un ſens
parfait, on leur donna ce nom
du mot Italien *ſtanza*, qui ſignifie *repos*.

Deſportes & Bertaud étoient
ſeuls admirez à la Cour, lors
qu'à l'âge de dix-huit ans, du
Peron s'y attira l'eſtime du Roi,
& arracha celle des Courtiſans
les plus malins, par un jugement
ſolide, un eſprit agreable, &
une memoire ſurprenante : bien
loin que ces deux Poëtes en fuſ-
ſent jaloux, ils ſe firent un honneur de le guider & de le former au goût de la bonne Poëſie. Les Vers ſuivans, qu'il adreſſa au Roi, font bien voir qu'il

fçut profiter des leçons, qu'on lui
donna;

Grand Roy, dont les malheurs
    élevent la vertu,
Et fervent de degrez à l'Autel de
    ta gloire,
Qui plus as d'ennemis, moins te
    vois abattu,
Auſſi fier au peril, que doux dans
    la victoire;
Prince, en tout accident par le
    fort éprouvé,
Juſte ornement futur des hiſtoi-
    res fidelles,
Qui par un art royal, à toy feul
    refcrvé,
Pardonnes aux vaincus, & domp-
    tes les rebelles.

Le refte de cette piece n'eſt

pas moins beau que le commencement. Les Auteurs de ce tems-
là avoient beaucoup plus d'application à bien écrire, que
tous ceux, qui les avoient pré-
cedez ; cependant la Poësie
commença bien-tôt après à languir.

Si les Poëtes tenoient un rang
assez considerable dans le monde, on diroit que la Comete,
qui parut dans ce tems-là, leur
fut fatale, & à leur Art aussi.
Du Belay & Beleau moururent
bien-tôt après : Ronsard dit
adieu aux Muses, & alla à son
Prieuré de Saint Cosme, se con-
soler de ce que ses Ouvrages
n'étoient plus tant applaudis :
Desportes & Bertaud ne songe-
rent qu'à joüir paisiblement de
la

la réputation, qu'ils s'étoient acquise. Du Peron avoit abjuré
le Calvinisme, dans lequel il
avoit eu le malheur de naître ;
il s'étoit voüé à l'Etat Eccle-
siastique, & négligeoit les lauriers du Parnasse, pour se rendre digne de la Pourpre, à laquelle il aspiroit.

Pendant plusieurs années, il
sembla que la Poësie étoit entierement releguée dans les Provinces. Rapin écrivoit en Poitou ; il n'avoit jamais été reçû
favorablement du Public, surtout quand il avoit voulu faire
des Vers sans rimes : cependant
il parut fort occupé avant mourir, de charger ses amis de faire
imprimer ses Ouvrages aprés sa

mort. A l'exemple de Ronfard, tous les Poëtes fé donnoient une Maîtreffe Poëtique, ou une Iris en l'air, à laquelle ils faifoient honneur de leurs fouffrances & de leurs trépas metaphoriques. Theodore de Beze celebroit encore la fienne à Vezelay, fous le nom de Candide; il s'étoit acquis une réputation de bon Poëte, dont on l'auroit laiffé joüir, s'il n'avoit eu la temerité de traduire des Pfeaumes de David, du même ftile, dont il écrivoit à fa Maîtreffe, & fi les Calviniftes n'avoient regardé cet Ouvrage grotefque, comme quelque chofe de férieux.

Madame Defroches & Mademoifelle fa fille écrivoient

bien en Vers & en Profe : elles
demeuroient à Poitiers ; leur
maifon étoit confacrée aux Mufes : tous les gens d'efprit , qui
fuivoient les Grands-Jours qu'on
tint dans cette Ville , alloient
fouvent chez elles. Loyfel &
Pafquier virent un jour une puce fur le fein de cette fille , &
perfuadez que la moindre chofe offre une ample matiere à
un Art qui fçait créer : ils firent
des Vers fur ce petit animal ;
la Damoifelle répondit, Sainte
Marthe & beaucoup d'autres
s'égayerent fur le même fujet ;
Turnebe prit fon férieux , il
écrivit contre ceux qui s'amu-
foient à ces bagatelles ; les efprits s'échaufferent non-feulement dans le Poitou , mais en-
O ij

core dans les autres Provinces, & beaucoup de Poëtes seroient morts inconnus, s'ils n'avoient pris parti dans une guerre excitée pour ce sujet frivole.

Un Peintre, qui à peu prés dans ce tems-là, fit le Portrait de Pasquier, oublia de lui peindre des mains, & les Poëtes s'exercerent tant sur cette bévûë, qu'on fit imprimer cent cinquante Pieces differentes en un Recueil, dont le titre est *la Main de Pasquier.*

Cependant, les mêmes lieux qui avoient vû naître les Troubadours, voyoient donner une forme presque nouvelle à la Poësie. Le chagrin, qu'avoit eu Malherbe, de ce que son pere s'étoit laissé entraîner à la foule

des Sectateurs de Calvin, l'avoit
obligé dés sa tendre jeunesse à
sortir de Caën, qui étoit le lieu
de sa naissance, il avoit été
agréablement reçû à Aix, chez
Mr le Grand Prieur, Gouver-
neur de Provence, & c'est-là
qu'il fit admirer les premiers
fruits des inspirations d'Apollon.

A peine fût-il monté sur le
Parnasse, qu'il y établit une
réforme plus severe encore que
celle de Desportes, de Bertaud,
& de du Peron ; il en épura entierement le langage ; il bannit
des Vers les hiatus, les enjam-
bemens, & toutes-les negligen-
ces, qu'on avoit crû rendre fort
excusables en les appellant li-
cences poëtiques ; il évita l'im-

proprieté des mots ; il leur donna un arrangement tres-naturel,
& ne souffrit aucune de ces
froides épithetes, qui ne sont
que pour remplir les hemisti-
ches ; il s'appliqua à faire tomber ses Stances avec une grace
admirable ; il enseigna enfin à
ses Contemporains à imiter les
Anciens, sans dérober leurs
pensées, & à faire comme les
abeilles, qui composent leur
miel, de maniere qu'il n'y paroît
rien de toutes les fleurs qu'elles
ont volé pour le composer : en
un mot, il s'éleva si fort au
dessus des Poëtes François, qui
l'avoient précedé, qu'il a servi
de modele à ceux qui sont venus aprés lui. Sa naissance, son
merite & son esprit lui attire-

rent beaucoup d'amis en Provence, il fongea à s'y établir ; il
y époufa une Fille de la Maifon de Cáriolis, qui eft des plus
illuftres de cette Province. Ses
Ouvrages fe répandirent bien-
tôt dans tout le Royaume , &
le firent regarder comme le premier des Poëtes, qui avoient connu les beautez de la Poëfie
Françoife.

Henry le Grand demanda un
jour à Mr du Peron , s'il ne faifoit plus de Vers : Je fuis trop
occupé des affaires de vôtre
Majefté (répondit cet habile
Courtifan) pour penfer à autre
chofe ; & d'ailleurs (continua-
t-il) tout homme de bon fens
a dû renoncer aux Mufes , depuis que l'on a vû les Oeuvres

d'un Gentilhomme de Provence, nommé Malherbe. Le Roi
dit, qu'il verroit volontiers ce
bel Esprit; & quelque tems
aprés, sachant qu'il étoit à Paris, il lui fit dire, qu'il pouvoit
se presenter à la Cour. Il lui
ordonna, dés qu'il le vit, de
composer des Vers sur un voyage, qu'il alloit faire en Limou-
sin, pour y soûmettre des Re-
belles : c'étoit-là une pierre de
touche, qui devoit confirmer
ou détruire la réputation de ce
Poëte. Il fit les Stances, qui com-
mencent par ces deux Vers :

O Dieu! dont les bontez, de nos
larmes touchées,
Ont aux vaines fureurs les armes
arrachées.

Il donna toute l'application
possible

poffible à cet Ouvrage ; le Roi
en fut content , le Public l'ad-
mira ; cependant il donna lieu
long-tems après à un judicieux
examen, & l'on y trouva beaucoup de fautes.

Quoique Florent Chreftien
écrivît tres-bien en Vers, il n'a-
voit point infpiré d'amour pour
les Poëtes à Henri le Grand ,
dont il avoit été Precepteur, &
ce Monarque , tout genereux
qu'il étoit , ne les honnora jamais d'aucun de fes bienfaits ,
perfuadé avec raifon , que fans
leurs fecours, le bruit de fes
exploits fe répandroit affez dans
l'Univers. La Poëfie ne laiffa
pourtant pas de fe foûtenir fous
fon regne. Les Satyres de Re-
gnier , qui avoient les graces

P

de la nouveauté, & celles de la médiſance, enrichiſſoient les Imprimeurs; il étoit neveu de Deſportes, & la veine poëtique lui étoit hereditaire. Quoiqu'il ne ſoit pas le premier qui s'eſt égayé en France aux dépens des ſots & des ridicules, il a eu la gloire d'avoir le premier aſſujetti ſon Art à des regles, & d'avoir preſcrit des bornes à une bile échauffée. Il ſeroit encore plus eſtimé aujourd'hui, qu'il n'eſt, s'il avoit toûjours obſervé, en écrivant, cette bienſéance, dont les Muſes Françoiſes ſont devenuës eſclaves. Il aimoit la crapule, & l'on prétend que ſes débauches abregérent ſes jours. On peut juger de ſon caractere, par ſon Epitaphe , qu'il fit lui-même :

> *J'ay vécu ſans nul penſement,*
> *Me laiſſant aller doucement*
> *A la bonne loy naturelle ,*
> *Et je m'étonne fort pourquoy,*
> *La mort penſa jamais en moy,*
> *Qui ne penſay jamais en elle.*

La vivacité, le brillant, & la hardieſſe des Ouvrages de Theophile , impoſerent d'abord à beaucoup de gens , & firent les délices des Provinces , où ils auront toûjours des partiſans. Ce Poëte n'avoit rien, qui pût le rendre recommandable, que ſon eſprit ; mais il n'en faiſoit pas toûjours un bon uſage ; il parloit avec trop de liberté des choſes les plus ſaintes : il fut

P ij

arrêté & mis à la Conciergerie
du Palais. Sa détention ne ſervit, qu'à le rendre plus fameux ;
les Placets, les Requêtes qu'il
adreſſa au Roi & à ſes Juges,
dans le tems qu'il étoit en pri-
ſon, & ce qu'on faiſoit pour,
ou contre lui, amuſoit tout le
Royaume : les gens d'eſprit ne
ſe laiſſerent pas entraîner à la
foule de ſes admirateurs, ils di-
ſoient qu'il n'étoit coupable,
que de s'être mêlé d'un métier
qu'il n'entendoit pas, & le Parlement crut de le punir aſſez en
lui impoſant la même peine
qu'ils avoient impoſée à Villon,
Il avoit beaucoup de feu, mais
il n'entendoit pas les regles de
la Poëſie. Vous avez beaucoup
d'eſprit (lui dit un jour un de

ſés amis) c'eſt dommage que
vous ne ſoyez pas ſavant. Vous
êtes fort ſavant (repartit Theophile) c'eſt dommage, que vous
n'ayez point d'eſprit.

Ce Poëte avoit mis les pointes à la mode : nous avons pourtant quelques petits Ouvrages
de ce tems-là, qui marquent
que tous les Poëtes n'étoient
pas de ſon goût. Voici une Epigramme, qui fut faite ſur une
Hiſtoire d'un Saint, ſi mal écri-
te, que perſonne ne voulut
l'imprimer :

Un Auteur prétendu, pour ſe
    combler de gloire,
En vingt ans, d'un Grand Saint,
    a compoſé l'Hiſtoire,
Et voudroit bien la mettre au jour;

Le ſtile en eſt charmant, l'ordre
en eſt admirable,
Elle a dequoi charmer & la Ville
& la Cour ;
Mais, helas! il n'eſt plus d'Impri-
meur charitable.

Beaucoup de gens avoient
reſiſté à la tentation d'écrire,
parce qu'ils croyoient, ſur les
Ouvrages de Ronſard, que pour
approcher ſeulement du Parnaſſe, il falloit entendre le Grec
& le Latin, & poſſeder toutes
les ſciences ; le ſtile de Malherbe produiſit tout d'un coup un
effet bien contraire : ſur ce tour
aiſé & naturel, une infinité de
gens s'imaginerent que pour
faire des Vers, il ne falloit qu'é-
crire, & tous les jours on don-

noit de nouveaux Recueils de Poëſie.

On étoit dans cette erreur groſſiere au commencement du regne de Loüis-le-Juſte ; on ſe détrompa enfin , & l'on s'apperçut, qu'il eſt mal-aiſé de tenir un milieu entre l'élevation & la baſſeſſe , & que Malherbe eſt d'autant plus inimitable, qu'il s'éloigne moins du naturel. Si cet admirable génie fit échoüer ceux , qui ſans aucun naturel , vouloient écrire comme lui, il ſervit de guide à ceux, qui avoient un veritable talent. Il conçut beaucoup d'eſtime pour le Marquis de Racan, qui étoit Page de la Chambre, & lui montra le chemin qui conduit au ſommet du Parnaſſe.

Les applaudissemens que le
Public donna ensuite à l'un &
à l'autre, & qui devoit exciter
de la jalousie entr'eux, forma
les nœuds d'une étroite amitié.
Le Marquis de Racan étoit connu de tout le Royaume, & par
son esprit & par sa naissance:
la douceur, que l'on trouva à ses
Odes, à ses Chansons, & à
ses Bergeries, acheva de con-
vaincre les gens de bon goût,
que Ronsard & ses Imitateurs
n'avoient pas connu le veritable esprit de la Muse Françoise.

Menard, Président au Pre-
sidial d'Aurillac, se forma sur
Malherbe & sur Racan : il
s'appliqua à écrire avec beaucoup de netteté, & pour éviter
l'enjambement des Vers, que

Ronfard avoit trouvé si beau,
il donna un sens-parfait à tous
les siens, & les détacha autant
qu'il pût les uns des autres : il
apprit à bien affaifonner l'Epigramme, en quoi il excelloit ;
il obferva, qu'à celles de dix
Vers, on doit marquer un repos aprés le quatriéme & le fep-
tiéme, & un au milieu de celles de fix. Il s'apperçut le premier, que vers le milieu de chaque Stance, on doit marquer un
repos, afin que ceux qui les
récitent, n'en coupent pas le
fens, en prenant haleine. Il s'ob-
ftina long-tems à faire des Sonnets, dont les deux Quatrains
avoient des rimes differentes ;
mais il eut beau les appeller
Epigrammes de quatorze Vers,

il fut auſſi mal reçû que l'avoit
été Baif, lors qu'il avoit fait
des Vers ſans rimes ; tant il eſt
vrai, que quand une choſe eſt
parvenuë à plaire, il n'y faut
rien innover. De tous les fameux Poëtes, qu'il y eût de ce
tems-là, Menard fut le ſeul, qui
ne reçut aucun bien-fait du
Cardinal de Richelieu ; ce qui
l'obligea dans la ſuite à faire ce
Quatrain, qu'il mit ſur la porte
de ſon cabinet :

Las d'eſperer & de me plaindre
Des Muſes, des Grands, & du ſort,
C'eſt ici que j'attens la mort,
Sans la deſirer, ni la craindre.

La Poëſie jetta bien-tôt aprés
de profondes racines : on lui

affura un azile impénétrable au
mauvais goût & à l'ignorance,
qui l'avoient déja tant de fois
obfcurcie. Meffieurs Gondeau,
de Gombault, Conrart, Giry,
Habert, l'Abbé de Cerify, de
Maleville, de Serifay, & quelques autres beaux Efprits, s'affembloient fouvènt pour fe
communiquer leurs Ouvrages,
& leurs Affemblées donnerent
naiffance à l'Académie Françoife, qui fut établie enfuite en
mille fix cens trente-cinq, par
Edit de Sa Majefté. Je ne dirai
rien ici de cet établiffement fi
glorieux à la France, & fi avan-
tageux aux belles Lettres, parce que j'aurois trop à dire, &
parce que Mr. Peliffon en a fait
une Hiftoire fi agréable, qu'il

y auroit de la temerité à en parler encore. Je garderai même un silence respectueux pour tous les Membres de cet Illustre Corps, & je n'en ferai mention qu'autant, que la suite de cette Histoire le demandera.

Aprés la mort du Connétable de Luynes, le Cardinal de Richelieu avoit été reçû Chef du Conseil du Roi, Ministre Principal, Grand-Maître de la Navigation & du Commerce ; tant de pénibles emplois, dont le moindre auroit pû accabler le génie le plus vaste, n'occupoient pas si fort ce Cardinal, qu'il ne sçut encore se faire tous les jours un loisir destiné aux belles Lettres ; & tant de titres pompeux ne lui firent pas dé-

daigner celui de Protecteur de
l'Académie. Il préferoit les plaifirs des fpectacles à tous les autres, que la Cour pouvoit lui offrir ; il cherchoit fouvent à fe
délaffer l'efprit par quelque
Tragédie, ou par quelque Comédie ; il aimoit à goûter en
deux ou trois heures les fruits
des longues veilles, des meilleurs
Poëtes de ce tems-là: mais avant
que de paffer outre, nous di-
tons quelque chofe de l'état, auquel étoit lors le Poëme Dramatique.

J'ai crû en écrivant cette
Hiftoire, que pour éviter la
confufion, je devois paffer fous
filence beaucoup de chofes, qui
fe font prefentées en divers
tems, & qu'il feroit plus à pro-

pos de les placer tout de ſuite,
en parlant du genre de Poëſie
qu'elles regardent , & je ſuis
obligé de remonter quelquefois à la ſource de pluſieurs Ouvrages , dont j'aurois déja pû
faire mention.

Le plaiſir des ſpectacles a été
inconnu long-tems en France;
l'on y a pourtant toûjours aimé
ce qui en avoit quelque reſſem-
blance : nous avons vû que ſous
nos premiers Rois , les Fatiſtes
compoſoient de petits Ouvrages , qu'ils faiſoient chanter à
des Chœurs de muſique , accompagnez de danſes : dans
preſque toutes les Provinces du
Royaume , il y avoit des jours
deſtinez à certaines repreſenta-
tions , qui amuſoient le Peuple.

Tous les ans, à Dijon, une
troupe de gens de qualité bifar-
rement habillez, montoient fur
un chariot en Carnaval, & alloient par la Ville chanter des
Chanfons fatyriques, contre
toutes fortes de gens ; c'eft de
là, qu'eft venu ce Proverbe :
Dire un chariot d'injures. Ils
appelloient cette réjoüiffance,
la Mere-folie : dans beaucoup
d'autres Villes, il y avoit de femblables reprefentations ; mais
tout cela avoit plus l'air d'une
mafcarade, que d'un fpectacle.

Aprés que les Chrétiens eurent conquis la Terre-fainte,
il y alloit beaucoup de Pelerins,
qui en revenoient peu chargez
d'argent, & pour s'attirer des
aumônes, ils chantoient par les

ruës de Paris, des Chanſons
qu'ils avoient compoſées en
chemin, ſur la Paſſion de Jeſus-
Chriſt, & ſur les choſes mer-
véilleuſes qu'ils avoient vûës
dans leurs voyages. Ils ſe mê-
loient avec ceux, qui revenoient
de Saint-Jacques de Compoſ-
telle, ou de la ſainte Baume:
ils faiſoient de petites troupes,
& attiroient la foule dans les
places publiques : leurs cha-
peaux & leurs rochets chargez
de coquilles de differentes cou-
leurs, & leurs gros bourdons,
leur tenoient lieu d'habits magnifiques. On trouvoit du merveilleux à tout ce que débi-
toient des gens qui revenoient
de ſi loin : on prenoit leurs contes faits à plaiſir, pour des vi-
ſions

fions qu'ils avoient eües. Ils
plûrent fi fort au Peuple , que
quelques charitables Bourgeois
firent dreffer des Theatres , fur
lefquels ces pieufes troupes reprefentoient tantôt un Chrétien martyrifé , tantôt quelque
action miraculeufe : comme on
avoit de la veneration pour ces
fpectacles , le zele des Eccle-
fiaftiques leur infpira d'en donner dans des Proceffions : on
commença même à faire de
longs Pelerinages , pour exciter
dans les lieux,où l'on paffoit, la
dévotion du Peuple , par la reprefentation des chofes les plus
faintes.

Ce fut à peuprés, dans ce tems-
là , qu'à Aix on commença à
reprefenter le jour de la Fête

Q

Dieu, tous les Mysteres du Vieux & du Nouveau Testament : on n'oublia pas les Danseurs qui précedoient l'Arche d'Alliance; & dans la suite on y mêla tant de choses differentes, & si peu convenables à la solemnité de cette Fête, que des raisons de bien-séance en ont fait supprimer une partie.

Ces representations étoient regardées comme des choses si sérieuses, que quelques jours avant la Fête-Dieu, René, Duc d'Anjou, Roi de Naples & de Sicile, & Comte de Provence, ayant reçû une Lettre, par laquelle son Fils lui écrivoit de Calabre, qu'il avoit besoin de secours, il lui écrivit qu'il étoit trop occupé à ordonner la mar-

che de fa Proceffion, pour pouvoir penfer à autre chofe.

Dans le Royaume de Chypre,
on celebroit tous les ans, la Fête
de la Préfentation de la Vierge:
on faifoit paroître fur un Autel,
une Fille , entourée d'Anges ,
& des Perfonnages , qui décla-
moient des Vers. Quand Philippe de Mezieres , Chancelier
de cette Ifle , revint en France,
il infpira au Saint Pere, qui étoit
alors à Avignon , & à Charles-
le-Sage , de faire reprefenter
cette Fête, comme en Chypre :
mais à Paris, on ne jugea pas à
propos de donner cette reprefentation dans des Eglifes , &
l'on éleva des Theatres dans
quelques Colleges. La foule,
qui accouroit à ces pieux fpec-

tacles, fit bien voir que dès Piè-
ces d'une autre eſpece ne ſçau-
roient manquer de plaire. Il parut bien-tôt aprés, une Comédie
en quatre Actes, intitulée *la
Sotie*, ou *la Mere ſote* ; il y a
un Prologue, dans lequel la So-
tiſe appelle tous les états, elle
fait voir à chacun ce qu'il a de
ridicule. La Farce de Pierre Pa-
telin, par un Auteur anonyme,
& quelques autres Pieces de
cette eſpece, occuperent quelque tems le Theatre, aprés quoi
il fut abandonné aux déclamations des Ecoliers.

Ronſard traduiſit enfin le *Plu-
tus* d'Ariſtophane, & le fit repreſenter dans le College de
Coqueret. Etienne Jodelle avoit
beaucoup de feu, il s'appliqua au

Poëme Dramatique ; son coup d'essai fut une petite Comédie, intitulée *la Rencontre* : il composa bien-tôt aprés, *Cleopatre captive* ; il en fit donner la premiere representation à l'Hôtel de Rheims ; le Roi l'honnora de sa presence. Beleau & la Peruffe en firent les principaux rôlles, parce qu'il n'y avoit point encore de Troupe de Comédiens, établie : c'est dans cette Piece que l'on commença à entrevoir quelque liaison ; il y avoit des Chœurs, comme à celles des Grecs ; mais elle n'étoit presque que de monologues, & le dernier Acte n'avoit qu'une Scéne d'environ cent Vers ; cependant elle plût à tout le monde. Jodelle enflé de ce

succés, ne fit plus gloire que
d'écrire avec beaucoup de rapidité ; il ne prit aucun foin de
châtier fon ftile ; il n'employa
que des Vers de dix pieds, &
il mettoit jufques à vingt rimes
féminines tout de fuite. Dans le
tems que ce Poëte fe faifoit admirer, il alla à la Campagne,
avec Ronfard & cinq ou fix autres de fes amis, pour y paffer
les derniers jours du carnaval ;
le hazard fit que deux de ces
Meffieurs revenans de la pro-
menade, trouverent un vieux
bouc ; ils l'attacherent & alle-
rent le prefenter à Jodelle, comme à l'Auteur qui venoit de rem-
porter le prix de la Tragédie ;
il y eut des gens affez malins,
pour donner un mauvais tour

à ce prétendu sacrifice.

Aprés que Jodelle eut un peu débrouillé le Poëme Dramatique, beaucoup de Poëtes s'y attacherent. Grevin & la Peruſſe compoſérent quelques Pieces ; on prétend même que ce dernier ſeroit allé fort loin, ſi la mort ne l'avoit arrêté en chemin. Robert Garnier, qui commença à écrire dés ce tems-là, s'éleva au deſſus de tous les Poëtes Dramatiques, qui l'avoient précédé, au ſentiment même de ſes Contemporains, & il meritoit d'écrire dans un ſiecle, où les regles euſſent été bien connuës. Juſques alors on n'avoit point vû repreſenter de ces actions, dont les Heros, qui dans le commencement exci-

tent la terreur & la pitié, par
les malheurs, dont ils font me-
nacez, deviennent heureux à
la fin. Garnier difpofa ainfr fa
Bradamante, & la donna fous
le titre de Tragi-Comédie, qu'on
ne connoiffoit pas encore en
France ; fa temerité fut heureufe, cette Piece eut tout le fuccés, que l'Auteur pouvoit en
attendre : les Savans fe contenterent de dire, que le titre en
étoit défectueux, parce qu'il
promettoit du comique dans une
Piece, où il n'y avoit que du
férieux. Il y avoit alors tant de
preffe aux fpectacles, que l'on
fit venir une Troupe des meilleurs Comédiens d'Italie : elle
trouva beaucoup de difficulté à
fon établiffement. Le Roi lui
avoit

avoit accordé des Lettres Patentes ; mais le Parlement refusa plus d'une fois de les enregistrer. Cet Auguste Senat, composé de tant de Gens éclairez, ne faisoit peut-être pas reflexion, que dans une Ville comme Paris, dont la magnificence attire toutes les Nations de l'Europe, on doit tolerer ces spectacles, qui amusent les jeunes gens, & moderent en eux l'ardeur des plaisirs illicites, où infailliblement l'oisiveté les entraîne. Le Roi s'expliqua enfin en faveur de ces Comédiens ; ils joüerent en public, & se conformerent au Theatre François, qui ne souffre rien de libertin ni d'obscene.

Alexandre Hardy, qui parut

R

ſous Henri IV. prit le veritable
ſtile du Poëme Dramatique,
& ne ſe ſervit que des Vers
Héroïques. Il commence ainſi
ſa Didon: c'eſt Ænée qui parle;

Grands Dieux , qui diſpoſez
*　　de l'Empire du monde :*
Toy, qui portes en main le ton-
*　　nerre, qui gronde ,*
Jupiter, ennemi du Peuple Phry-
*　　gien ,*
Qui fais que nôtre Troyes à pré-
*　　ſent n'eſt plus rien.*

Mais cet Auteur connoiſſoit
ſi peu les regles du Theatre, que
dans une de ſes Pieces , intitulée *la Force du ſang*, on enléve
une fille au premier Acte ; au
ſecond, elle paroît dans la maiſ-

son de son ravisseur, elle est
grosse, accouche d'un fils, qui,
au dernier Acte, a sept ans, &
son pere le reconnoît.

L'ignorance des Auteurs &
celle des Spectateurs, étoit alors
au même degré ; les premiers
ne vouloient que faire des Pieces bonnes ou mauvaises ; les
autres ne vouloient que voir
des combats de rages, de dé-
sespoirs, des enlevemens, &
des meurtres, & se soucioient
fort peu, que ce qu'ils voyoient
commencer à Londres, s'ache-
vât vingt ans aprés à Constan-
tinople. Mais avant que de parler du tems, auquel les regles
du Theatre ont été observées
en France, il est bon de dire
quelque chose de celles des

Anciens, pour ne pas les confondre avec celles, que nos Poëtes se sont faites.

Les regles du Poëme Dramatique, ne sont qu'autant d'observations, que le bon sens, l'experience, ont fait faire, & que les bons Auteurs ont ensuite inviolablement suivies.

Les premiers Poëtes tragiques connurent bien-tôt, que pour interesser les Spectateurs, il ne falloit traiter que de ces actions extraordinaires, qui se passent entre des Rois, des Heros, & des Princes; parce que la prévention, que l'on a pour les Grands, fait que leurs passions agissent plus sur le cœur & sur l'esprit, que celles des personnes privées.

Le bon fens a fait comprendre, qu'un Heros ne fçauroit
intereffer perfonne à fon fort,
s'il ne fait paroître de grandes
vertus, & des qualitez héroïques. En effet, quelle pitié pour-
roit-on avoir pour un vicieux,
ou pour un lâche, qui merite-
roit toutes les infortunes, dont il
eft menacé?

Lorfque les cruels fpectacles,
comme celui de Medée, qui
trempoit fes mains dans le fang
de fes enfans, faifoient fremir
d'horreur les Spectateurs, tous
les Poëtes ne prirent-ils pas la
refolution de bannir du Theatre ces reprefentations trop af-
freufes?

L'application, que l'on avoit à
difpofer les fujets, en maniere

que la terreur & la pitié allaf-
fent toûjours en augmentant, a
fait appercevoir que le principal
évenement doit être gardé pour
la fin; que pour toucher le
cœur avec plus de vehemence
par la furprife, il falloit faire
arriver quelque grande avanture, qui avant le dénouëment,
renverfât tous les defleins, dé-
mentît les apparences, rompît
toutes les mefures, & donnât
une nouvelle face aux chofes.
C'eft ce que l'on appelle la *Pe-*
ripetie.

L'experience fit appercevoir,
que les termes nobles, les expref-
fions vives, & les defcriptions
patetiques, contribuënt à remuer le cœur, & que le vrai-
femblable, quoique faux, doit

être preferé au veritable , qui
paroît d'abord impoffible, parce
que l'efprit trop occupé à comprendre comme les chofes ont
pû être faites , perd le plaifir du
fpectacle.

Cette unité d'action, de tems
& de lieu , qui paroît fi myfté-
rieufe, n'eft auffi que l'effet des
reflexions ; il a été aifé de juger
que pour ne pas embarraffer la
memoire des Spectateurs , il ne
faut reprefenter qu'une feule
action ; qui étant regardée comme l'ame de la Piece , doit y
regner partout ; que toutes les
circonftances, dont elle eft compofée, doivent en naître, & dé-
pendre les unes des autres ; que
les épifodes ne doivent être trai-
tées qu'en paffant, parce que

quand les Spectateurs ſont une
fois diſpoſez à voir l'événe-
ment d'un ſujet, ils ne ſçau-
roient s'intereſſer pour un autre, quelque merveilleux qu'il
puiſſe être.

De peur que la repreſentation d'une avanture, qui ſe paſ-
ſeroit dans un long eſpace de
tems, ne troublât auſſi la memoire, & ne causât de la confuſion dans l'eſprit, on trouva à
propos de ne repreſenter que
de celles, que l'on voit finir
auſſi-tôt que commencer, & de
ne leur faire embraſſer d'événe-
mens, qu'autant qu'il en peut
arriver en vingt-quatre heures.

D'ailleurs, comme les effets
de la colere, de la rage, de la
vengeance, ſont toûjours vio-

lens & impétueux, on a connu
que la representation en lan-
guiroit, si elle étoit d'une longue durée. Ménage dit, que les
Grecs étoient si severes sur cette
unité de tems, qu'ils la rédui-
soient à douze heures, & qu'A-
ristote ne l'a pas étenduë à un
tour solaire, comme beaucoup
de gens croyent encore.

L'unité de tems demandoit
celle de lieu : le bon sens ne
permet pas qu'une avanture,
qui commence & finit en douze, ou en vingt-quatre heures,
se passe en differens lieux, éloi-
gnez les uns des autres.

Ces regles ou ces observations, ont presque toutes été
ignorées ou négligées, jusques
au regne de Loüis-le-Juste. Me-

ret, qui enfin abuſa un peü
moins de l'ignorance des Spectateurs, que ceux qui l'avoient
précedé, commença à les ob-
ſerver ; mais il introduiſit les
pointes ſur le Theatre, & les
regarda comme les endroits de
ſes Pieces, dont il devoit être le
plus content. En voici une de
ſa Sophoniſbe :

Ah, Philon! ſouviens-toy, que la
    Fortune eſt femme,
Et que de quelque ardeur, que
    Siphas la reclame,
Elle eſt pour Meſſaniſſe & qu'elle
    aimera mieux
Suivre un jeune Empereur, qu'un
    autre déja vieux.

Arrêtez, mon Soleil, dit un

Amant à sa Maîtresse, dans une autre Piece de cet Auteur : Elle répond :

Si je suis un Soleil, je dois aller
     toûjours.

Rotrou évita toutes ces pointes ; il ne mit dans la bouche de ses Heros, que de ces pensées vives & naturelles, qui naissent à propos de differens sujets. Il y eut délors des changemens tres-considerables au Théatre ; comme les Auteurs disposoient leurs Pieces en maniere, que la plûpart des évenemens, qui en avançoient le dénouëment, se passoient derriere la Scéne, dans les Entr'-actes ; on supprima les Chœurs, parce qu'ils auroient troublé cet ordre, & l'on donna des violons à leur place.

Les Anciens ne fongeoient qu'à exciter la terreur & la pitié, par tout ce que la haine, la vangeance, le defefpoir, l'horreur de la mort, & les renverfemens de fortune ont de terrible & de pitoyable. Mais nos Poëtes, qui connoiffoient combien l'amour a de pouvoir fur le cœur des hommes, crurent que cette paffion pourroit feule tenir lieu de toutes les autres, dans un Poëme Dramatique, & fournir des fujets inépuifables.

On commença à inferer dans la premiere Scéne un récit ingénieux, qui fans être affecté, donnoit une idée de l'action, qu'on reprefentoit, marquoit le lieu où elle fe paffoit, & en

faisoit connoître les principaux
Personnages ; c'est ce que nous
appellons *Protase* , que jusqu'a-
lors nos Poëtes avoient ignorée
ou negligée : on n'eut plus besoin de ces Argumens, ni de ces
Avant-propos , dont on se servoit auparavant pour annoncer,
ce qu'on alloit voir.

Les Tragédies de Meret &
celles de Rotrou , furent pendant long-tems des ressources
sûres , pour attirer cette foule si
agréable & aux Auteurs & aux
Comédiens. Les sujets comiques furent fort négligez ; on ne
les remplissoit que de bouffonneries basses , de jeux de mots,
& d'équivoques grossiéres ,
qu'on faisoit dire à des Personnages grotesques : les Au-

teurs étoient aſſurez du ſuccés
d'une Piece, pourvû que le titre
fut une belle antithèſe, comme
le Fol raiſonnable; les fauſſes
Veritez; les Innocens coupables;
l'Aveugle clair-voyant.

Voilà à peu prés l'état, où
étoit le Theatre François, quand
le Grand Corneille commença
à paroître. Il eut une avanture
de galanterie, de laquelle il fit
le ſujet d'une Comédie, qu'il
donna ſous le titre de *Melite;*
elle lui acquit beaucoup de réputation. Il a toûjours avoüé à
ſes amis, que quand il commença à écrire, il ne connoiſſoit point de regles; qu'il ne
ſavoit pas même s'il y en avoit,
& qu'il ne s'étoit propoſé d'autre modele, que les Pieces de

Hardy ; le bon sens, la raison,
& la force de son génie, qui
dans la suite lui ont si bien fait
trouver le sublime, le guidé-
rent dans ce coup d'essai, auquel
tout le monde applaudit.

Cependant, le Cardinal de
Richelieu exhortoit tous les
Poëtes à travailler pour le
Theatre ; il leur fournissoit des
sujets, & se faisoit souvent un
plaisir de conferer avec eux, sur
leurs Ouvrages ; il croyoit que
comme l'argent est le nerf de
la guerre, il pourroit bien être
celui de la Poësie ; il faisoit des
presens considerables, & assu-
roit des pensions à ceux qui
avoient du talent pour le Poëme Dramatique. Parmi ceux
qu'il honnoroit de son amitié,

il diftinguoit Boifrobert, Corneille, Coletet, l'Etoile & Rotrou ; il leur propofoit fouvent un fujet de Tragédie, ou de Comédie, dont chacun faifoit un Acte, & l'on vit naître cette quantité de Pieces, qu'on appelloit de Cinq-Auteurs, dont nous avons encore quelquesunes. Afin que rien ne manquât à leurs repréfentations, on leur donnoit des Décorations fi magnifiques, que la dépenfe n'en pouvoit être foûtenuë, que par un Grand Miniftre.

Le Grand Corneille, dont l'entoufiafme étoit plus vehement que celui des autres, travailla feul au *Cid* & le donna au Public : on y battit des mains à la trentiéme repréfentation ;

chacun

chacun en chargeoit sa memoire, & il y avoit autant d'honneur à en sçavoir tous les beaux
endroits, qu'à composer un autre Ouvrage. Soit que le Cardinal fut fâché de n'avoir point
de part à cette Piece, soit qu'il
vit avec chagrin, qu'elle effaçoit
toutes celles qu'il avoit déja fait
representer; il s'efforça de ne la
trouver pas belle, & la livra
à la critique des envieux, que
son heureux succés lui avoient
déja suscitez.

Scudery entra le pre-
mier en lice, pour plaire à un
Ministre tout-puissant, ou pour
contenter cette inclination naturelle, qu'ont les Auteurs à détruire la réputation d'un Ouvrage, qui est au-dessus de leurs

S

forces, il appella à son secours le bon sens, le bon goût, les regles, Aristote, & toute l'Antiquité Grecque & Latine; mais le Public ne voulut point démordre des applaudissemens qu'il donnoit au *Cid*, & s'obstina de croire, que ce qui plaît est dans les regles.

Les savantes & judicieuses Observations que l'Académie & Scudery firent, dans l'examen du *Cid*, sur le Poëme Dramatique, servirent beaucoup à le conduire à sa perfection : toutes les regles, dont nous venons de parler, furent exactement observées ; on prit soin d'accorder dans la Tragédie, le merveilleux avec le vrai-semblable ; de bien pein-

dre les caracteres des Heros, de
les faire bien soûtenir, & de
les faire toûjours agir & parler
conformément aux mœurs &
aux inclinations de leur Païs.

Si dans quelques endroits des
Pieces de l'Incomparable Corneille, ces regles ne furent pas
exactement observées, c'est que
son génie sublime ne lui per-
mettoit pas toûjours de s'y assujettir. Peut-être même en s'en
éloignant, il cherchoit à se conformer au goût des François :
mais comme il est inimitable
dans son élevation, son exemple
ne doit pas autoriser les autres
Poëtes à se donner de semblables libertez.

Les Anglois & beaucoup
d'autres Nations du Nort, ne

s'en rapportent pas à la bonne-
foi de leurs Acteurs, quand ils
annoncent la mort de quelqu'un des principaux Perſonnages ; ils veulent voir poignar-
der , pendre , & couper des tê-
tes ; un Theatre qui ruiſſelle de
ſang , eſt pour eux un agréable
ſpectacle : mais les François ſe
contenterent d'apprendre par un
récit, ces accidens funeſtes; tout
ce qui pouvoit choquer la vûë,
& cauſer trop d'horreur , ſe
paſſa derriere la Scéne : la Comédie prit un temperament ,
entre le bouffon des Italiens, &
le ſérieux des Eſpagnols ; on
n'y ſouffrit plus de pointes , ni
de jeux de mots, ni rien de tout
ce qui eſt contre la bien-ſéance:
l'enjouëment des honnêtes gens

y succeda aux bouffonneries des Personnages grotesques, qu'on y introduisoit auparavant : la Comédie & la Tragédie furent d'une même durée ; on donna un peu moins de Vers à la premiere, parce que l'emphase, avec lequel on les récite, les fait couler plus lentement : on supprima de l'une & de l'autre presque tous les monologues, qui en faisoient languir l'action, & l'on n'y souffrit des *à parte*, qu'autant que la necessité le demandoit. Les Actes furent d'une même durée: les Acteurs prirent soin d'avertir de ce qu'ils alloient faire en sortant du Theatre, afin que les Spectateurs connussent, qu'il n'y a nulle interruption.

Les Romains, comme nous avons déja vû, faisoient déclamer quelque chose de facétieux à la fin de toutes les Pieces, pour redonner aux Spectateurs la gayeté, qu'une trop longue application à un même sujet, leur avoit fait perdre : c'est ce qui détermina nos Comédiens à donner une petite Piece aprés la Tragédie ; mais on ne trouva pas à propos d'en donner une aprés la Comédie, où l'on suppose, que tout le monde y a acquis de la gayeté, loin d'y en avoir perdu.

Sous le regne d'Henri le Grand, on forma quelques Troupes de Comédiens, qui rouloient dans les Provinces : elles venoient de tems en tems à Paris , & s'y logeoient indifferemment , tantôt dans un Quartier, tantôt dans un autre. La Confrérie de la Paffion avoit une vieille maifon dans la ruë Mont-confeil , qu'on appelloit l'Hôtel de Bourgogne , parce qu'elle avoit été autrefois aux Ducs de ce nom ; le Roi de la Bazoche la loüoit pendant les Vacations , il y établiffoit fa Cour, & y donnoit des réjoüiffances publiques ; il faifoit venir des Comédiens , qui reprefentoient plufieurs fois la Paffion. Comme tout Paris accouroit à ce fpectacle , pour lequel on avoit beaucoup de veneration , les Comédiens s'établirent enfin à cet Hôtel , & donnerent d'autres reprefentations.

Aprés que Corneille eut fait
sa *Melite*, il la donna aux Comédiens de Roüen ; Mondory,
qui en étoit le chef, connut que
cette piece seroit bien reçûë à
Paris, il y vint avec sa Troupe,
pour la representer ; il s'établit
au Marais, dans la ruë Grenier-
Saint - Lazare. Quelque tems
aprés, le Jeu de Paume, dans
lequel on representoit la Comédie, fut entierement brûlé, &
Monseigneur le Duc d'Orleans
le fit rebâtir ; mais cette Troupe
se dispersa bien-tôt aprés, &
les principaux Acteurs entrérent
dans celle de l'Hôtel de Bourgogne.

Jean-Baptiste Poquelin, si
connu sous le nom de Moliere,
s'associa avec quelques Bourgeois

geois de Paris ; il fit une Troupe
qui joüa pendant quelque tems
au Fauxbourg Saint Germain,
au Jeu de Paume de la Croix-
Blanche : elle alla enfuite dans
les Provinces ; elle trouva des
Païs en friche, où elle ne donnoit dans le commencement,
que des Pieces à la maniere des
Italiens, qui ne favent ordinairement que les fujets de leurs
Rôlles, & les rempliffent, felon que le feu de leur imagination leur fournit. Moliere
hazardoit tout, & c'eft par-là
qu'il trouva le goût du Theatre. A fon retour à Paris, le
Roi lui donna une Salle au
Petit - Bourbon , & quelque
tems aprés, Monfieur lui en
donna une au Palais-Royal :

T

il amuſa d'abord agréablement toute la Ville, & s'acquit
cette réputation, qu'il a ſi bien
ſoûtenuë dans la ſuite.

Le Cardinal de Richelieu ne
goûta pas long-tems le fruit des
peines, qu'il s'étoit données,
pour conduire le Poëme Dramatique à ſa perfection; il mourut bien-tôt aprés, & ce qu'il y
eut de plus fâcheux pour les
Poëtes, c'eſt que leurs penſions
moururent avec lui. Mr. le
Cardinal Mazarin, qui lui ſuc-
ceda, n'avoit pas moins de connoiſſance pour les bons Ouvrages, que de pénetration pour
les affaires d'Etat; les Gens de
Lettres ne trouverent pourtant
pas en lui un Meœne auſſi genereux, que celui qu'ils venoient
de perdre.

Pendant la minorité de Louis
le Grand, le mauvais goût se
répandit dans tout le Royaume,
& les gens d'esprit tâcherent
long-tems en vain de le détruire.

Theophile Folengi, Poëte de
Mantoüe, avoit inventé une
espece de Poësie assez bizarre,
qu'il appelloit *Macaronique,*
comme pour dire qu'il la destinoit au Peuple d'Italie, qui se
nourrit souvent de certains ma-
carons, faits avec de la farine,
des œufs, & du fromage ; c'é-
toit un mélange de Latin, de
bon Italien, & du langage po-
pulaire, & en ce stile facétieux,
il disoit des choses tres-serieu-
ses.

Le premier Poëte François
qui imita Folengi, fut Antoine

Aréne, Provençal : il fit une affez plaifante Relation des guerres de Naples , & de celles de
Charles-Quint en Provence ; il
donna une terminaifon Latine,
aux mots François & Provençaux , dont il fe fervit ; ce qui
fait croire encore aujourd'hui
aux ignorans en Poëfie, que
pour le bien imiter, on n'a qu'à
affembler de mauvais mots Latins & François.

Aprés Antoine Aréne , quelques autres Poëtes s'exercerent
en ce genre d'écrire ; leurs Ouvrages furent appellez , tantôt
grotefques , tantôt comiques ,
jufques à ce que Sarrazin leur
donna le nom de burlefques ,
dont les Italiens fe fervoient
alors.

Scarron, qui malgré les in-
firmitez de son corps, conserva
toûjours un esprit vif, agréable, & enjoüé, trouva ce stile
conforme à son humeur, & s'en
servit pour traduire l'Eneïde,
& pour chanter la guerre des
Geants avec les Dieux ; ses
Ouvrages assaisonnez de di-
gressions charmantes & de pensées ingénieuses, plûrent d'a-
bord à tout le monde ; mais ils
firent beaucoup de mauvais imitateurs.

Les Ecoliers, les Pages, les
Dames, & jusques aux Suivan-
tes firent des Vers de cette espece ; le goût du Public fut si
dépravé, que les Imprimeurs
ne vouloient plus se charger
d'aucun Ouvrage, s'il n'y avoit

quelque chofe en ce ftile.

Tous les Vers de huit fyllabes furent appellez Burlefques;
parce qu'on n'en employoit
point d'autres en ce genre d'é-
crire; beaucoup de gens prirent
le change, & crurent qu'on ne
les devoit pas appeller autrement, quand même on s'en fer-
viroit pour des fujets férieux :
c'eft ainfi que l'entendoit celui,
qui s'en fervit pour faire un
Poëme, fur le plus grand de nos
myfteres.

Les exemplaires en furent fup-
primez, & l'on jugea que cet
Auteur avoit plus de fimplicité,
que de malice.

A peine la fureur du Burlef-
que fut calmée, qu'on lui en
vit fucceder une autre. Un Ec-

clesiastique nommé Dulot, digne fils de Herty, qui mourut
aux Petites-Maisons, avoit une
si grande facilité à faire de mauvais Sonnets, qu'il en faisoit
ordinairement cinq ou six par
jour; comme il croyoit que rien
ne devoit coûter aux Poëtes
que de trouver des rimes, il en
cherchoit quantité, les rangeoit
par quatorze, & appelloit cela
Sonnets en blanc: Il se plaignit
un jour qu'on lui en avoit volé
deux cents. Colletet & Saint
Amant, qui connoissoient le talent de Dulot, publierent cette
noüvelle maniere de faire des
Sonnets; tout le monde s'y
exerça; l'on fit courir des rimes,
qu'on appella Bouts-rimez.

Toutes ces productions paru-

rent infipides, & l'on fe laſſa
bien-tôt de fe donner la torture
pour ne faire que de mauvaiſes
choſes.

Les beaux Eſprits de ce tems-
là s'aſſembloient ſouvent à
l'Hôtel de Rambouillet : le
Public eſtimoit les gens, ſelon
qu'ils y avoient plus ou moins
d'accés ; on y donna un jour
des Bouts-rimez ſur la mort
d'un Perroquet, qui ne fut pas
moins celebrée, que la Puce de
Mademoiſelle Deſroches , &
l'on réveilla ſi fort cette fréne-
ſie, qu'il ſembla pendant quelques années, que les Muſes ne
devoient plus rien inventer , &
qu'elles étoient réduites à remplir des canevas groteſques.

Sarrazin, indigné de n'enten-

dre parler que de ces puerili-
tez, fit cette agréable défaite
de Dulot, que l'on voit dans
ses Ouvrages ; les Bouts-rimez
furent releguez dans les Provinces les plus éloignées, où ils
regnent encore.

Dans beaucoup de petites Villes du Royaume, il y a un Poëte en titre d'Office, qui n'a jamais eu d'autre talent pour la
Poësie, que celui d'avoir rempli quatorze rimes ; de là il est
allé aux Noëls & aux Balades,
& fier des applaudissemens, que
des mauvais connoisseurs lui
donnent, il s'attribuë le droit
de juger & de décider de tous
les Ouvrages d'esprit.

Aprés l'heureuse défaite des
Bouts-rimez, les gens de bon

goût respirerent, les Muses re-
prirent leur langage naturel; &
comme sous l'Empire d'Auguste, la Poësie Latine étoit arri-
vée à sa perfection, la Françoise y arriva sous le regne de
Louis le Grand, qui lui ou-
vrit une vaste carriere par ses
faits memorables, & par ses
vertus héroïques : on ne vit
presque plus sur le Theatre, que
des chefs-d'œuvres, *les Horaces;
Polieucte; la mort de Pompée ;
Cinna*, & les autres admirables
productions de Corneille, attiroient une foule surprenante,
& firent presque entierement
perdre le goût des Pieces comiques : ce grand Génie s'étoit
élevé à un si haut point de perfection, qu'il étoit bien mal-aisé

qu'il s'y foûtint toûjours ; il donna une Piece, qui n'eut pas tout le fuccés qu'il en pouvoit attendre , & délors il réfolut de renoncer au Poëme Dramatique, & de joüir tranquillement de la réputation, qu'il s'étoit fi juftement acquife; il laiffa reprendre haleine à fa Mufe pendant quelque tems, au grand regret du Public ; & Moliere profita de cette heureufe conjonĉture : il donna *l'Etourdi ; le Dépit amoureux ; les Précieufes, le Cocu imaginaire ; l'Ecole des Maris ; & les Fâcheux ;* toutes ces Pieces furent generalement applaudies , & confirmerent le Public dans la croyance, où il étoit, que cet Auteur avoit enfin attrapé le veritable goût de

la Comédie : avant lui, tous les
ſujets comiques ne rouloient
que ſur des intrigues ; on ne
s'aviſoit pas d'y repreſenter des
mœurs & des caracteres ; il prit
une route differente ; il s'attacha tant à peindre les mœurs,
qu'il négligeoit quelquefois les
intrigues ; il ſentoit que pour
faire rire les hommes & les inſtruire en même tems, il ne faut
que leur faire regarder de ſang
froid, ce qu'ils font, lors qu'ils
ſe livrent à leurs paſſions & à
leurs caprices ; il ne ſe bornoit
pas toûjours au ridicule des
gens du commun, il joüoit celui des Grands ; il faiſoit ſucceder les Marquis, les Comtes,
& les Vicomtes, aux Gorgibus,
aux Jodelets, & aux gros Guil-

laumes, que d'autres avoient
introduits fur la Scéne:à l'exemple des Peintres & des Sculp-
teurs, qui donnent de grands
traits aux vifages, que l'on ne
doit voir que de loin; il outroit
fouvent les caracteres,qu'il mettoit fur le Theatre,parce qu'on
les y regarde comme dans un
éloignement. Si d'un noble enjouëment, il tomboit quelquefois dans un bas comique, c'eft
qu'il avoit beaucoup plus d'ignorans, que de gens d'efprit, à
ménager, & les profits immen-
fes, qu'il tiroit des premiers, le
confoloient des cenfures des autres. Il eft difficile de faire un
portrait de fantaifie, qu'il ne
reffemble à quelqu'un ; c'eft ce
qui arrivoit fouvent à Moliere ;

des gens qu'il n'avoit jamais eu
en vûë, croyoient se reconnoî-
tre dans ses Pieces, & il avoit
toûjours des plaintes & des
éclaircissemens à essuyer.

Aprés qu'il eut composé son
Tartuffe, il le fit voir à la Cour;
le Roi, à qui une pieté sincere
a toûjours fait haïr l'imposture,
permit de joüer cette Piece;
mais tant de gens representé-
rent à Sa Majesté, que cela pouvoit avoir de dangereuses con-
sequences, qu'elle révoqua la
permission, qu'Elle avoit don-
née : Quelque tems aprés, comme Elle étoit sur son départ
pour la Flandres, Moliere re-
vînt à la charge; il obtint ce
qu'il souhaitoit, & fit bien-tôt
afficher sa Piece : Mr. de La-

moignon, Premier Prefident,
crut, qu'il vouloit profiter de
l'abfence du Roi, il envoya des
Archers, qui arracherent les
affiches, & fe faifirent des portes de la Comédie, lorfque les
Comédiens fe préparoient à paroître. Moliere pria Mr. Defpreaux de le prefenter à cet Illuf-
tre Magiftrat, qui le reçut agréablement. Je fçai (lui dit-il,
aprés avoir écouté fes raifons)
que vous avez un merite, qui
vous éleve au-deffus de vôtre
état ; je ne me fuis pas oppofé à
la reprefentation de vôtre Piece , pour vous empêcher de
joüer des faux-devots ; mais feulement à caufe, que vous vous
ingerez d'y mettre des moralitez, peu propres à être débitées

sur le Theatre. Moliere se détermina à retrancher beaucoup
de choses de sa Piece, & ne put
la donner que long-tems aprés:
tout Paris étoit cependant dans
l'impatience de la voir; on prioit
souvent l'Auteur d'aller la lire
chez des gens de qualité, & Mr.
Despreaux, qui travailloit alors
à la Satyre du Repas, fit dire à
propos à celui qu'il introduit:

Moliere avec Tartuffe, y doit
joüer son rôlle.

Les Pieces tragiques de Corneille, ne laissoient pas croire,
qu'on en dût goûter d'autres;
cependant, celles de Racine furent encore admirées : ce rare
génie étoit entré fort jeune à
Port-Royal, il s'y étoit formé aux
sciences & aux belles Lettres;
ses

ſes premieres productions furent quelques Odes, que ſes
amis publierent: Mr. Deſpreaux,
qui ne les goûta pas, en fit la
critique ; bien loin que Racine
s'en effarouchât, il dit, qu'il
ſouhaitoit de connoître un homme, qui prenoit tant de ſoin de
le faire appercevoir de ſes fautes ; quelques jours aprés il
l'alla voir, & lui demanda ſon
amitié. Moliere, qui étoit de
ſes amis, découvrit bien-tôt ſes
talens ; il l'exhorta de s'appliquer au Poëme Dramatique,
& lui conſeilla de faire l'*Anti-*
gonne, qui avoit déja été miſe
au Theatre par Rotrou ; mais
dans l'ordre de cette Piece, qu'il
donna ſous le nom de *la The-*
baïde, il ſuivit plus les conſeils

V

de Mr. Despreaux, que ceux de
Moliere; il choisit ensuite *Thea-*
gene & Cariclée , pour le sujet
d'une Tragédie , & Mr. Despreaux le détourna de ce des-
sein , parce que les Heros de
Romans ne sont pas toûjours
heureux sur le Theatre ; il lui
proposa de faire *Alexandre* , lui
conseilla de ne pas se picquer
d'écrire avec rapidité, comme il
avoit fait jusques alors , & lui
fit comprendre, qu'on ne va au
patétique , que par une grande
application. Jamais Auteur n'a
été plus docile que lui ; il n'é-
toit presque jamais content de
ses Ouvrages : c'est lui qui est
désigné par ces deux Vers :

    * *Et jamais satisfait de ce qu'il*
        vient de faire.,

   * Despreaux.

Il plaît à tout le monde, & ne
sçauroit se plaire.

En effet, ses Ouvrages font
bien voir qu'il a sçû profiter des
avis salutaires de ses amis.

Il étoit bien mal-aisé d'entrer
dans la carriere du Poëme Tragique, immediatement aprés le
grand Corneille, sans marcher
sur ses traces ; Racine se fit
pourtant une route differente ;
le premier avoit crû, que pour
remuer le cœur, il falloit plaire
à l'esprit ; l'autre au contraire,
crut qu'il plairoit à l'esprit, s'il
remuoit le cœur : lors qu'*Iphi-*
genie demande, si elle ne sera
pas au Sacrifice, qu'on prépare,
Racine se contente de faire dire
à ce Pere malheureux,

Vous y serez, ma Fille.

Et c'eſt peut-être l'endroit le
plus touchant de toute la Piece.
Les Tragédies de cet Auteur
charmoient ſi fort tout le monde , & attiroient une ſi grande
foule , que Moliere en devint
jaloux : il ne prenoit plus aucun
ſoin de les faire bien repreſenter : Racine, qui s'en apperçut,
les donna à l'autre Troupe de
Comédiens,& ce fut-là le commencement de cette inimitié ré-
ciproque,qui regna ſi long-tems
entr'eux.

Quoique les trois rares génies , dont nous venons de parler , euſſent porté le Poëme
Dramatique au plus haut point
de perfection, on ne laiſſoit pas
d'admirer d'autres Auteurs, qui
dans ce tems-là même ſe ſigna-

foient , & dans le genre tragique , & dans le comique , &
nous en avons encore aujour-
d'hui, à qui je donnerois, avec
beaucoup de plaifir , les loüanges qu'ils meritent , s'il étoit
permis de parler des Auteurs
vivans.

Aprés l'heureux mariage du
Roi , il vint des Comédiens Efpagnols , pour s'établir à Paris ;
mais ils n'y furent pas heureux :
ils ne fçurent jamais trouver le
goût des François ; leur facétieux paroiffoit grave , & leur
gravité , facétieufe : tout le
monde étoit d'un grand férieux
à leurs Comédies , & l'on n'alloit à leurs Tragédies, que pour
rire.

Les productions de Lopez de

Vega, qui charmoient toute l'Espagne, ne plûrent pas en France, & l'on s'y défioit de la fecondité d'un Auteur, qui a laiffé dix-huit cent Pieces de Theatre, & quatre cens de ces Actes que l'on reprefente dans les Places devant le Saint Sacrement, le jour qu'on en celebre la folemnité. Ces Comédiens, laffez enfin de déclamer dans des folitudes, repafférent les Pyrenées.

Les Comédiens Italiens, qui étoient venus en France, fous Henri III. s'étoient difperfez, & les derniers que nous y avons vûs, y vinrent fous le miniftere du Cardinal Mazarin : ils reprefenterent en differens quartiers de la Ville, & s'établirent

enfin à l'Hôtel de Bourgogne.
Quoiqu'ils n'euffent jamais pris
foin de donner aucune liaifon
à leurs Pieces, ils ne laiffoient
pas de divertir le Public par la
maniere mimique, dont ils les
reprefentoient. Du tems du fameux Arlequin, ils fçurent encore mieux fe conformer au
goût des François ; beaucoup
de gens d'efprit leur fournif-
foient des Scénes tres-ingénieu-
fes, & en imitation de Publius
Syrus, dont nous avons parlé,
ils faifoient d'agréables Parodies des Opera, & des plus belles Pieces de Theatre : peut-
être n'auroient-ils pas été con-
traints de quitter Paris, s'ils
avoient toûjours obfervé la
bien-féance, que demande le
Theatre François.

Rinoncinni, qui vint d'Italie
en France avec Marie de Medicis, fut le premier qui y fit
voir des reprefentations avec de
grandes machines. Au mariage
du Prince de Piedmont avec
Chriftine de France, on en donna une affez finguliere; le fonds
du Theatre reprefentoit cette
Forêt, que felon la fiction du
Taffe, Saladin, Roi de Jerufa-
lem, fit enchanter, lorfque cette
Ville étoit affiegée par les Chrétiens : Godefroy de Boüillon y
entroit, fuivi de gens armez ;
il combattoit contre une infinité
de monftres & de Divinitez
champêtres : on voyoit defcen-
dre des Anges pour le fecourir;
il gagnoit la victoire, & la Forêt paroiffoit enfin toute embra-
fée.   Dans

On faisoit souvent à la Cour
des Balets , accompagnez de
déclamations & de symphonies:
Benserade,qui avoit été un des
Poëtes favoris du Cardinal de
Richelieu , en composoit toûjours les Vers : il avoit un talent pour confondre le caractere des Danseurs , avec celui
des Bergers,ou des Dieux,qu'ils
representoient:il fit ce Quatrain
pour le Roi, qui dans le Balet
des Plaisirs , representoit un
Berger :

Mille autres Bergers char-
  mans ,
Dont on parle , ne font gloire ,
Que d'embellir les Romans ;
Celui-ci pare l'Histoire.

X

Le Cardinal Mazarin, voulant enfin donner un Opera à la maniere d'Italie, en fit venir des Muſiciens, qui pour leur premiere repreſentation, donnerent *Orphée* en Vers Italiens. Dans toutes leurs Pieces, on voïoit des changemens de Theatre ſurprenans, & quelquefois on y faiſoit paroître juſques à deux cens Soldats pour repreſenter deux Armées.

La Muſique Italienne & cette multitude de Perſonnages muets n'étoient pas tout-à-fait au goût des François, qui d'ailleurs perdoient ſouvent le plaiſir du Spectacle, pour n'en entendre pas les Vers. Ce qui fit penſer à beaucoup de gens, qu'en mêlant un peu des manieres de

chanter des Italiens aux nôtres,
& en donnant des Pieces Françoiſes, on ne ſauroit manquer
de plaire. On trouva d'abord
une difficulté, en ce qu'on ne
connoiſſoit alors ſur le Theatre
François, que des Vers Héroïques, peu propres à être mis en
Muſique ; l'Abbé Perrin, qui
avoit été Introducteur des Am-
baſſadeurs du Duc d'Orleans,
tenta de faire une Verſification
Lyrique : il fit ces paroles :

Dans le deſeſpoir, où je ſuis,
Les plus ſombres forêts, les plus
profondes nuits,
Ne ſont pas aſſez ſombres :
Pour plaire à ma douleur, &
flater mes ennuis,
O Mort, pour les finir, couvre
moi de tes ombres.

X ij

Le même Auteur composa les Vers suivans, pour essayer le style récitatif :

L'Amour & la Raison,
Un jour eurent querelle ;
Et ce petit Oyson
Outragea cette Belle :
Quelle pitié ! depuis ce mauvais
    tour ,
On ne peut accorder la Raison &
    l'Amour.

Lambert, Organiste de Saint Honnoré, & qui dans la suite se rendit si celebre, fit des Airs à ces Chansons , qui réussirent fort bien.

Perrin composa une Pastorale, en cinq Actes ; mais sans regles : il la donna pour la pre-

miere fois à Iſſy , & bien-tôt
aprés à Vincennes , où le Roi
aſſiſta : il s'aſſocia avec Cham-
peron , & avec le Marquis de
Sourdiac , qui étoit tres-habile
pour les machines ; il obtint des
Lettres Patentes du Roi , pour
établir l'Académie de Muſique,
que nous avons aujourd'hui : il
fit venir Clediere Baumavielle,
& Miracle , qui étoient les plus
belles voix du Languedoc. Il
s'établit dans la ruë Mazarine ,
& donna *Pomone* , dont Cam-
bert , Intendant de la Muſique de la Reine Mere , fit les
airs.

Ces trois Aſſociez ne furent
pas long-tems d'accord, & Perrin ceda ſon Privilege à Lully,
qui étoit Intendant de la Mu-

ſique de la Chambre du Roi.

Quinault avoit promis en ſe
mariant, de renoncer à la Poëſie ; parce que ſa femme avoit
temoigné une grande répugnan-
ce à épouſer un Poëte : cependant, à la priere de Lully, il
compoſa des Opera, & crut
avec raiſon, que s'agiſſant de
travailler pour le divertiſſement
du Roi, il étoit diſpenſé de tenir ſa promeſſe : il excella dans
le genre lyrique, & ſes Ouvrages plûrent à tout le monde.
Si les airs de Lully les firent va-
loir, la facilité, qu'avoit cet Auteur, à renfermer d'agreables
penſées ſous de petits Vers, a
été d'un grand ſecours à la Muſique. Aprés la mort de Moliere, Lully obtint la Salle du

Palais Roïal pour l'Opera, &
les Comédiens, qui y étoient
établis, prirent celle que le
Marquis de Sourdiac avoit fait
bâtir dans la ruë Mazarine, où
les deux Troupes furent réu-
nies quelques années aprés, par
ordre du Roi.

Voilà une narration succinte
des differentes situations, qu'ont
eu les Spectacles en France.

Patris & Tristan avoient commencé à redonner aux Muses
l'air enjoüé & badin, que le
sérieux de Bertaud & de Malherbe leur avoit fait perdre.
Voici des Vers de l'un & de
l'autre. Les premiers sont de
Patris.

Je songeois cette nuit, que de
  maux consommé,

Côte à Côte d'un Pauvre on m'a-
 voit inhumé ,
Et que n'en pouvant plus souffrir
 le voisinage ,
En mort de qualité , je lui tins ce
 langage :
Retires-toi , Coquin , va pourrir
 loin d'ici ;
Il ne t'appartient pas de m'ap-
 procher ainsi.
Coquin, ce me dit-il, d'une arro-
 gance extrême ,
Va chercher tes coquins ailleurs ,
 Coquin toi-même :
Ici tous sont égaux, je ne te dois
 plus rien ,
Je suis sur mon fumier, comme
 toi sur le tien.

Vers de Tristan.

Ebloüi de l'éclat de la gran-
deur mondaine,
Je me flatai toûjours d'une espe-
rance vaine,
Faisant le chien couchant, auprés
d'un grand Seigneur;
Je me vis toujours pauvre, &
tâchai de paroître,
Je véquis dans la peine, atten-
dant le bonheur,
Et mourus sur un coffre en atten-
dant mon Maître.

Voiture, Sarrasin, Benserade,
Chapelle, & beaucoup d'autres
Beaux Esprits de ce tems-là,
encherirent encore sur Patris &
sur Tristan; ils firent revivre le

Rondeau, la Balade, & le Madrigal ; ils sçûrent loüer dignement la vertu & le merite en stile enjoüé, & traiter les matieres les plus serieuses en badinant : les moindres sujets leur donnoient lieu de produire de jolis Ouvrages, comme on peut voir par les suivans.

Les Poëtes ont toûjours trouvé les expressions naturelles trop foibles, pour donner une grande idée de la beauté des femmes, & ils ont eu recours à des comparaisons outrées. Sur la fin de la République Romaine, Quintus Catulus aïant rencontré une jeune Beauté, à la pointe du jour, fit quatre Vers, dans lesquels il la mit au-dessus de l'Astre, qui commençoit à

paroître. Olivier de Magny,
& long-tems aprés lui, Mese-
riac, traduisirent ce Quatrain en
François. Balsac, qui en trouva la pensée fort noble, pria
Voiture de traduire un Sonnet,
que Caro, Poëte Italien, avoit
fait à l'imitation de Catulus :
Voiture ne se contenta pas d'ê-
tre Traducteur ; il donna un
Sonnet de sa façon, sur la belle
Matineuse, & le hazard lui
fournit bien-tôt le sujet d'un
autre, en lui faisant rencontrer
Mademoiselle Paulet au Jardin
de l'Hôtel de Ramboüillet, dans
le tems que le Soleil commençoit à disparoître. A son exemple, beaucoup de Beaux Esprits s'exercerent, & sur l'Aurore & sur le Couchant. Male-

ville fit trois Sonnets fur la belle
Matineufe,& l'on donna le prix
à celui-ci ;

Le filence regnoit fur la Terre
& fur l'Onde ,
L'air devenoit ferain,& l'Olimpe
vermeil ,
Et l'amoureux Zephyr,affranchi
du fommeil ,
Reffufcitoit les fleurs d'une ha-
leine feconde.

L'Aurore déploïoit l'or de fa
treffe blonde ,
Et femoit de rubis le chemin du
Soleil ,
Enfin , ce Dieu venoit au plus
grand appareil ,
Qu'il foit jamais venu pour
éclairer le monde.

Quand la jeune Philis, au vi-
  sage riant,
Sortant de son Palais, plus clair
  que l'Orient,
Fit voir une lumiere & plus vi-
  ve & plus belle.

Sacré Flambeau du jour, n'en
  soyez pas jaloux !
Vous parûtes alors, aussi peu de-
  vant elle,
Que les feux de la nuit avoient
  fait devant vous.

Monmor étoit Avocat &
Professeur en Langue Grecque,
c'est pour cela qu'on l'apelloit
le Grec. Quoi qu'il fût fort ri-
che, il vouloit ajoûter au plaisir de faire bonne chere, celui
de ne rien dépenser ; il renoit

un Regiſtre de toutes les bonnes tables de Paris, & cherchoit
les moïens de s'y introduire : il
étoit d'un naturel ſatyrique; dés
qu'il ſe trouvoit avec des grands
Seigneurs, il ſe déchaînoit contre tous les Auteurs & contre
les Savans ; on pouvoit dire
qu'il n'ouvroit jamais la bouche, qu'aux dépens d'autrui.

    Ménage, qui n'étoit point
épargné, leva le maſque, ſonna
le tocſin contre lui, & par une
Epigramme Latine, il excita tous
les Orateurs & tous les Poëtes à
écrire contre ce Paraſite : il en
fit la Vie en Latin, qu'il adreſſa
à Balſac ; mais il ne fit peut-être
pas reflexion, qu'en voulant
donner un ridicule à un homme
accuſé de pédanterie, il tom-

boit quelquefois dans ce défaut.
On vit bien-tôt une inondation
d'Epigrammes, de Sonnets, &
de Satyres fur Monmor; il n'en
perdoit pourtant pas un coup de
dent. Maleville & Dalibray
furent de ceux, qui fe déchaî-
nérent le plus contre lui : le
dernier fit ce Dialogue d'un
Pénitent avec fon Confeffeur :

Reverend Pere Confeffeur,
J'ai fait des Vers de médifance.
Contre qui? contre un Profeffeur,
La perfo ne est de confequence :
Contre qui donc ? contre Mon-
    mor :
Achevez, achevez vôtre Confi-
    teor.

Le même Auteur fit la Me-

tamorphoſe de Monmor en
marmite. Il y a dans cet Ouvrage deux Vers aſſez ſingu-
liers :

> *Son colet de pourpoint, s'étend*
> *& forme un cercle,*
> *Son chapeau de Docteur s'aplatit*
> *en couvercle.*

Les deux ſeules rimes que
nous avons de cette eſpece , &
qui ſembloient ne devoir jamais
ſe rencontrer , devinrent là faites l'une pour l'autre.

Le Parnaſſe a toûjours été
une région ſujette aux cabales,
aux ſéditions , & aux guerres
civiles. La Cour, Paris,& les Provinces même ſe trouverent
tout d'un coup partagées pour
deux Sonnets. L'un étoit celui
de Job , par Benſerade ; l'autre
celui

de la Poësie Françoise. 257

celui d'Uranie, par Voiture :
Tous les Beaux Esprits furent
sur le qui vive ; il ne fut pas
permis de garder la neutralité.
Ceux, qui donnoient le prix à
Benserade, étoient apellez les
Jobelins, & les autres, Uranins.
Cette guerre poëtique fit naître
mille agréables Ouvrages, dont
les Recüeils de ce tems-là sont
encore remplis. Le Prince de
Conty étoit à la tête des Jobelins, & la Duchesse de Longueville à celle des Uranins ; ce qui
donna lieu à Mademoiselle de
Scudery de faire ce Quatrain :

Je vous le dis en verité,
Le destin de Job est étrange,
D'être toujours persecuté
Tantôt par un Démon, & tantôt
par un Ange.

Y

Sarraſin fit des gloſes en Vers,
ſur ce Sonnet, ce furent les
premieres, qu'on ait vûës en
France. Ces eſpeces de Para-
phraſes ſur d'autres Vers, ont
été imitées des Eſpagnols.

Furetiere faiſoit des Satyres
ſur differens ſujets : dés qu'il
en vit quelques-unes des premieres de Mr. Deſpreaux, il en
fut ſurpris, & avoüa ſincere-
ment qu'elles étoient au-deſſus
des ſiennes : J'ai lû vos Satyres,
avec un plaiſir ſenſible (dit-il,
un jour à ce nouvel Auteur) &
je ſuis charmé de celle, qui commence,

Muſe, changeons de ſtile, &
quittons la Satyre;
mais je ne crois pas que vous en
faſſiez jamais une auſſi belle.

Il commença délors à publier les Ouvrages de Monsieur Despreaux, qui alarmerent d'abord tous les Auteurs : l'esprit étoit alors à la mode, & la Poësie en profitoit : on pouvoit parler d'un Sonnet, d'un Madrigal, & de quelque autre bel Ouvrage, sans deshonnorer une conversation : les gens de qualité s'entretenoient souvent de ces nouvelles Satyres, & prioient Mr. Despreaux d'aller les lire chez eux ; tous les Auteurs qui y étoient nommez, s'effaroucherent, & cabalérent pour en empêcher l'impression : Barbin, qui les regardoit comme un moyen assuré de se dédomager des pertes qu'il pouvoit avoir faites sur d'autres Ouvrages, les demanda à l'Auteur ; &

dans le tems, qu'il craignoit de ne pouvoir pas obtenir la permission de les imprimer, on vint tout à propos le charger des Oeuvres de Mathieu Montreuil: il y joignit ces Satyres, & les presenta à Monsieur le Chancelier sous ce titre,

Recueil des Oeuvres de Montreuil, & des Satyres de ＊ ＊ ＊.

Les Examinateurs ne s'aperçurent pas de cette ruse, & Barbin, à qui le Public en est redevable, obtint son Privilege.

Quand Montreuil se détermina à mettre ses Oeuvres au jour, il ne prévit pas sans doute, qu'elles hâteroient l'impression d'une Satyre, où son nom rime si heureusement à Recueil.

Dés que ces Satyres parurent
imprimées, on s'en plaignit à
Monsieur le Chancelier, qui parut d'abord en colere contre
Barbin ; mais aprés qu'il l'eut
écouté, il vit bien que le mál
n'étoit pas si grand, qu'on le lui
avoit fait.

On vit pourtant une infinité
d'Auteurs déchaînez contre
Mr. Despreaux : Boursaut, qui
s'étoit mis à la tête des comba-
tans, fit une Comédie pour
joüer la Satyre du Repas ; il la
donna à la Troupe de l'Hôtel
de Bourgogne : mais en trois
jours Mr. Despreaux obtint du
Parlement une défense de joüer
cette Piece, & l'Arrêt fut affi-
ché à leur porte.

Chapelain étoit regardé com-

me un des Oracles de l'Hôtel
de Ramboüillet : Le Duc de
Montaufier, qui d'ailleurs l'honnoroit de son amitié, trouva
mauvais qu'on l'eut confondu
dans des Satyres, avec tant
d'autres Poëtes, & se déclara
ouvertement pour lui. Mr. Despreaux l'alla voir à la Cour, &
lui trouva un visage serain. J'ai
lû vos ouvrages avec plaisir, lui
dit le Duc de Montaufier ; personne ne les estime autant que
moi : mais je dois vous dire,
que vous avez tort d'attaquer
tant de gens. Le Maréchal de
Crequi passoit dans ce tems-là,
il s'arrêta pour être témoin de
cette conversation : Quoi! dit-il
au Duc de Montaufier, vous
blâmez Despreaux de ce qu'il

a critiqué tant de mauvais Poëtes? nous devrions tous l'en remercier ; il nous en défera , ou
ils se corrigeront.

Les Esprits commencérent à
se calmer : beaucoup de gens se
repentirent d'avoir pris leur sérieux pour des querelles qui
pouvoient les amuser si agréablement.

Un celebre Jurisconsulte voulut faire une plaisanterie , qui lui
réussit tres-mal : il pria un jour
Mr. Despreaux à dîner , avec
cinq ou six autres de ses amis ;
il leur donna un repas , dans lequel il avoit fait imiter celui que
Mr. Despreaux avoit décrit
dans ses Satyres : on vit paroître un coq sur le potage ; on
servit des poulets étiques ; deux

lapins, qu'on avoit long-tems
nourris avec des choux ; tout
étoit enfin si bien imité , que
personne ne put manger un
seul morceau : comme on n'en-
tend pas raillerie , quand on
meurt de faim, on commença
bien-tôt à murmurer. Le Jurisconsulte , qui avoit prévû ce
qui devoit arriver , faisoit garder un pâté de perdrix , qu'il
croyoit excellent ; mais pour
comble de disgrace , il étoit
gâté : alors tous les conviez
traitérent leur hôte de mauvais
plaisant , & lui dirent que de
semblables repas sont bons à
décrire , mais non pas à donner.

　　Toutes les critiques , qu'on
avoit fait courir sur les Ouvrages de Mr. Despreaux , com-

　　　　　　　　mencerent

mencerent à disparoître , & le
calme regna parmi les beaux
Esprits.

La Fontaine étoit alors dans
cette grande réputation, qu'il a
si bien soûtenuë , & il faisoit
déja beaucoup de mauvais imitateurs : il avoit commencé fort
jeune à faire des Vers; son pere,
d'humeur differente de celui de
Virgile , l'avoit exhorté à travailler ; il avoit pris soin lui-
même d'écrire tous ses Ouvrages & de les publier. Les solli-
citations d'un pere avoient si
bien fortifié l'inclination de cet
Auteur à cultiver les Muses, que
pendant le reste de sa vie, il ne
fut occupé d'autre chose. S'il
est vrai , qu'il se fut proposé
Marot pour modéle , il s'éleva

fort audeſſus de lui : cette maniere de conter , naïve , ſimple
& naturelle , toûjours ornée
d'agréables digreſſions ; ce merveilleux talent à renfermer toutes les plus fines moralitez, ſous
des contes & des fables , char-
merent le Public , & ſa Poëſie
parut d'autant plus belle, qu'elle avoit été juſques-là inconnuë à tous les Poëtes François.

Tel , dit Montaigne, s'eſt fait
admirer de tout le monde, qui
n'a pas gagné l'eſtime de ſa Ser-
vante ; cette penſée déſigne
tres-bien La Fontaine : l'application continuelle, qu'il avoit à
divertir les autres, l'avoient fait
tomber dans une ſi grande in-
dolence pour ſes affaires , que
dans ſon domeſtique, on le re-

gardoit comme un homme sans
esprit : dans les meilleures com-
pagnies il étoit toûjours distrait
& rêveur. Dînant un jour avec
Mr. Despreaux, Moliere, &
deux ou trois autres de ses amis,
il soûtenoit contre Moliere, que
les *à parte* du Theatre, sont
contre le bon sens : Est-il possible, disoit-il, qu'on entende
des Loges les plus éloignées, ce
que dit un Acteur, & que celui qui est à ses côtez ne l'entende pas? Aprés avoir soûtenu
son opinion, il se plongea dans
sa rêverie ordinaire : il faut
avoüer, dit tout haut Mr. Despreaux, que La Fontaine est un
grand coquin; & dit long- tem
du mal de lui sans qu'il s'en ap
perçut : tout le monde éclata de

rire ; on lui dit enfin , qu'il devoit moins condamner les *à
parte* , que les autres , puisqu'il
étoit le seul de la Compagnie,
qui n'avoit rien entendu de tout
ce qu'on venoit de dire si prés
de lui.

Pelisson étoit aussi fort estimé
par les agréables pensées dont
ses Ouvrages étoient remplis ,
& par l'harmonie, qu'il savoit
donner au mélange des grands
& des petits Vers.

Nous avons vû que dans le
douziéme siecle, les Vaudevilles étoient en usage en France ;
que Thibaud, Comte de Champagne, s'acquit le titre de grand
Chansonnier; cependant depuis
ce tems-là jusques au regne de
François Premier , nos Poëtes

ont entierement negligé cette
Poëfie : Marot commença à la
faire revivre. Voici ce qu'il fit
fur un dépit :

Puifque de vous je n'ai autre
    vifage ,
Je va me rendre Hermite en un
    defert ,
Pour prier Dieu, fi un autre vous
    fert ,
Qu'autant que moi en vôtre
    honneur foit fage.

Adieu cet air & ce gentil cor-
    fage ,
Adieu ce teint, adieu ces friands
    yeux ;
Je n'ai pas eu de vous grand
    avantage ,
Un moins aimant aura peut-être
    mieux.

Desportes & Bertaud s'appliquerent à exprimer noblement
dans leurs Chansons, les pensées que la tendresse inspire,
comme on a pû remarquer, dans
les deux couplets de leur façon,
que j'ai déja citez.

De Lingendes, à qui beau-
coup de gens attribuënt la gloire
d'avoir le premier donné des
Stances, imita ces deux Auteurs,
& fit la Chanson suivante, qui
fut long-tems chantée dans tout
le Royaume:

> *Si c'est un crime que d'aimer,*
> *On n'en doit justement blâmer*
> *Que les beautez qui sont en elle;*
> *La faute en est aux Dieux,*
> *Qui la firent si belle,*
> *Et non pas à mes yeux.*

Theophile fut des premiers,
qui celebrerent dans leurs Chansons, le bon vin, les rouges
bords, les verres & les bouteil-
les : aprés lui, Motin fit les deux
Couplets suivans, qui furent
d'abord les délices des Beu-
veurs :

Que j'aime en tout tems la ta-
verne !
Que librement je m'y gouverne!
Elle n'a rien d'égal à soi,
J'y vois tout ce que je demande,
Et les torchons y sont pour moi
De fine toile de Hollande.

Durant que le chaud nous ou-
trage,
On ne trouve point de boccage
Agréable & frais comme elle est;

Z iiij

Et quand la froidure m'y méne ,
Un malheureux fagot m'y plaît,
Plus que tout le bois de Vincen-
ne.

On fit bien-tôt aprés de ces
Chanfons oppofées à l'amour,
qu'on appella antcrotiques, comme eft celle de Mefnard ;

Dés que la nuit reprend fon
cours ,
Je me gliffe dans la taverne ,
Et n'en fors jamais que le jour
Ne faffe pâlir ma lanterne ;
C'eft le feul parti que j'ai pris,
Pour me vanger de mon Iris.

Du tems de Voiture & de Sar-
rafin, on commença à fe fervir
des refreins, comme les *lantur-*

lus , les *landerirettes* , & l'on en
inventa bien-tôt aprés d'autres
composez de mots, qui se lioient
au sens de la Chanson, & lui
donnoient un grand agrément.

Charleval s'étoit acquis
beaucoup de réputation par
ses Ouvrages, & surtout par
ces Vers :

Bien souvent l'amitié s'en-
flâme ,
Et je sens qu'il est mal-aisé ,
Que l'ami d'une belle Dame
Ne soit un Amant déguisé.

Il fit ce Couplet :

Que Cesar autrefois ait subju-
gué la France ,
Par sa sage conduite & sa rare
vaillance ,

Je le crois bien :
Mais qu'il eut entrepris d'en fai-
re la conquête,
S'il eut trouué Loüis en tête,
Je n'en crois rien.

Ce refrein feruit à beaucoup d'autres agréables Chanfons, telle qu'eft la fuivante :

Qu'un Madrigal & qu'une
Chanfonnette,
Gagnent le cœur d'une Coquette,
Je le crois bien :
Mais que cent piftoles en profe
Ne faffent pas la même chofe,
Je n'en crois rien.

On commença dans ce tems-là à voir des Chanfons en Rondeau, comme celle-ci :

*Quand on aime, helas, qu'on
    eſt ſot !
Quand on eſt ſot, que l'on en-
    nuïe !
Quel chagrin faut-il qu'on eſ-
    ſuïe ,
Prés d'un Amant qui ne dit mot?
Quelle heure eſt-il ? Voici de la
    pluïe.
Quand on aime, helas, qu'on eſt
    ſot !
Quand on eſt ſot, que l'on en-
    nuïe.*

Quand à ces agréables Chanſons, qui embraſſent toutes ſortes de ſujets, qui ſous un ſtile
ſimple, naturel & enjoüé , ren-
ferment une penſée ingénieuſe,
& qui enfin ne ſont que des

Epigrammes mises en chant,
comme la suivante : elles n'ont
été connuës en France qu'au
commencement de ce Regne:

Tu médis sans cesse de moi;
Je dis par tout du bien de toi :
Quel malheur est le nôtre !
L'on ne nous croit, ni l'un ni
l'autre.

Chauvigny de Blot avoit tant
de feu, que dans le College on
l'appelloit *Blot l'esprit :* quand
il vint à Paris, l'Abbé de la Riviere le presenta à Gaston de
France; il s'attacha à ce Prince,
& ensuite il celebra dans ses
Chansons, tous les évenemens
considerables : mais il s'aban-
donnoit trop à la vivacité de son

imagination : s'il eut sçû donner
un frein à sa Muse, il auroit
mieux merité le titre de grand
Chansonnier, que Thibaud,
Comte de Champagne. Ma-
rigny, Hotman, & tous les autres gens d'esprit, qui ont cultivé cette espece de Poëlie, l'ont
regardé comme leur modéle.
Du tems qu'il étoit dans sa grande réputation, un homme de
qualité se picquoit de faire beaucoup de Chansons ; mais elles
étoient toutes sans sel : on lui
chanta un jour :

Veux-tu que ta veine feconde,
Charme le peuple & le beau
    monde ,
Du fameux Blot suit les leçons,
De sa poudre prens une dragme,

Et verſe ſur tant de Chanſons
Un peu de ſel de l'Epigramme.

Nos Poëtes Lyriques ont appris
enfin à exprimer les maximes
d'amour, & à faire parler le
cœur, ſans donner dans les hy-
perboles & les metaphores des
Italiens. Il eſt aiſé d'en juger par
ces Chanſons :

> *Quand le reſpect me fait ca-*
> *cher ma flâme,*
> *Aux témoins importuns de nos*
> *doux entretiens,*
> *Ses yeux s'inſtruiſent dans les*
> *miens,*
> *De tous les ſecrets de mon ame,*
> *Et me font connoître les ſiens.*

>   ❊

> *Timarete s'en eſt allée,*

L'ingrate méprisant mes soupirs
      & mes pleurs,
Laisse mon ame désolée,
A la merci de mes douleurs;
Je n'esperois jamais, qu'un jour
      elle eut envie.
De finir de mes maux l'impitoya-
      ble cours;
Mais je l'aimois plus que ma vie,
Et je la voyois tous les jours.

✳

Un Berger plus beau que le
      jour,
Me disoit dans un bois, au lever
      de l'Aurore:
Iris, si tu voulois, que j'y revinsse
      encore,
Tu me verrois mourir d'amour:
Ah! m'en dût-il coûter ma vie
      avec la sienne,
N'importe, Amour, faites qu'il
      y revienne.

✳

O toi , dont la beauté char-
mante ,
Surpasse tout ce qu'on nous chante
De la beauté des Immortels ;
Si tu veux qu'on t'éleve un Tem-
ple ,
Et qu'on te dresse des Autels,
Deviens sensible à leur exemple.

Nos Poëtes ne se sont pas con-
tentez d'introduire des Bergers
& des Bergeres dans leurs Chansons de tendresse ; ils y ont fait
parler jusques aux Oiseaux,
comme en ce Dialogue :

Que fais-tu dans ce bois, plain-
tive Tourterelle ?
Je plains ma compagne fidelle.
Ne crains-tu pas, que l'Oiseleur

Ne

Ne te fasse mourir comme elle ?
Si ce n'est lui, ce sera ma douleur.

Les Languedociens ont ex-
céllé en cette Poësie ; ils se font
fait un langage si doux & si
tendre , qu'il semble que l'A-
mour le leur ait dicté. Je rap-
porte ici deux de leurs Chansons, au hazard que beaucoup de
gens ne les entendent pas : dans
la premiere , c'est une Bergere
qui se plaint, que l'ardeur de
son Berger se rallentit;

Jou cresié qu'aquel Diou d'A-
   mour ,
Quand cro tan * *meinage,*
Cresquesse davantage;
Mai aro conneisse à mon tour ,
Que dins un cor volage,

* petit.   A a

Comme es acquel de mon Pastour,
L'Amour ven picho cade jour.

Celle-ci est d'un Amant, qui
voit partir sa Maîtresse :

> *Vous en anas , ah , que soüi*
> *malhuroux !*
> *Voustre départ me coustara la*
> *vido ;*
> *Cruelle! au men souvenez-vous,*
> *Que jou siou mour lou jour que*
> *sias partido.*

La finesse de la Poëfie Ba-
chique, n'a été bien connuë en
France , que depuis que la plupart des hommes ont renoncé
à la galanterie , pour donner
dans la débauche du vin, & ç'a
été en opposant tantôt l'amour

au vin, & tantôt le vin à l'a-
mour, que nos Poëtes ont réussi
dans leurs Chansons, comme en
celle-ci :

Croyez-vous n'être aimable,
Que le verre à la main ?
Boirez-vous jusqu'à demain ?
Ne voulez-vous briller qu'à table?
N'entendez-vous pas les Amours,
Vous dire en leur doux langage ?
Ne serons-nous d'aucun usage,
Iris boira-t-elle toûjours ?

Les habiles Chansonniers ne
compofoient ordinairement, que
fur des airs aifez à chanter : ils
en favoient de longs & de courts
dont ils fe fervoient à propos
pour bien renfermer leurs pen-
fées, fans être obligez de les

A a ij,

reſtraindre , ou de donner
dans le verbiage. La plupart ſe
ſervoient de celui *de la Fronde,*
du Triolet, *de l'Echelle du Tem-*
ple, des Ennuyeux & de Joconde;
ſouvent même ils ont fait d'a-
gréables Chanſons en Qua-
train , comme celle-ci de Li-
niere :

Lorſque le Dieu Mars en per-
            ſonne ,
Se preſente dans les combats,
Si Conde' *ne s'y trouve pas,*
La Fête n'eſt pas bonne.

Les Italiens épuiſent leur feu
en Paſquinades , & la plupart
des François font briller le leur
dans des Chanſons ; toûjours
prêts à celebrer tout ce qui arri-

ve, ils devancent souvent les Gazetiers, & par un Vaudeville ils publient les évenemens les plus considerables, dont ils relevent ou taisent les bons ou les mauvais endroits, selon leur caprice. Un Prince d'Italie est si fort prévenu, que nos Poëtes font des chansons sur tout ce qui arrive, que quand on lui apprend quelque nouvelle, qui regarde la France, il demande d'abord, *& la Canzone.*

On accorderoit volontiers un rang tres-considerable entre nos Poëtes, aux Faiseurs de Chansons, si on pouvoit les regarder autrement, que comme des libertins, qui n'ont jamais daigné s'assujettir, ni à la justesse, ni à l'arrangement des rimes, & qui même le plus souvent ne gardent aucune bien-séance.

Jusqu'au Regne de François I. on n'avoit rien vû en Langue Françoise du Poëme Epique, que des traductions de l'Illyade & de l'Eneïde, par Octavien de Saint Gelais; nos Poëtes qui dans la suite ont osé les tenter, n'ont rien ajoûté aux regles des Anciens, mais ils ont rendu leur stile moins figuré, & ils ont moins cherché qu'eux à cacher la verité sous des allegories.

Ces regles sont d'un si grand détail, que je renvoye ceux qui voudront s'en instruire, au savant & judicieux traité, qu'en a fait le Pere le Bossu, & je tâcherai seulement d'en donner une foible idée.

On donna le nom d'*Epique* à
ce Poëme, du nom *Epos*, qui
signifie Vers héroïque, tels
qu'étoient ceux, dont il é-
toit composé. Il n'a été inventé
que pour former les mœurs par
des instructions & des moralitez, envelopées dans les allegories, qu'on fait entrer dans la
narration d'une grande avanture.

Son sujet peut être inventé,
ou tiré de l'Histoire; mais il doit
toûjours être héroïque & rempli
de ces fictions ingénieuses, que
par excellence, les Grecs appelloient *fables*, c'est-à-dire, *paroles*.

On la restraint à l'unité d'action, comme le Poëme Dramatique, parce qu'on a jugé que
les moralitez & les instructions

qu'il renferme, s'imprimeroient mieux dans la memoire en s'y preſentant ſous l'idée d'une ſeule choſe ; mais parce qu'il traite des mœurs, des inclinations, des ſieges & des guerres, il a eu beſoin d'un long eſpace de tems, & il lui a été permis d'embraſſer autant d'évenémens qu'il en peut arriver dans une année.

L'action, qui y eſt traitée, doit être continuée, & menée à ſa fin ſans aucune interruption, & par conſequent les deſcriptions des Camps, des Villes, & des autres choſes, qui pourroient l'arrêter, ne ſauroient être trop courtes.

Il faut que le merveilleux y regne par tout, pour tenir l'eſprit

prit des Lecteurs dans une élevation continuelle; c'est pour cela
qu'on y fait agir & parler les
Dieux ; mais il faut aussi que le
vrai-semblable y soit toûjours
observé, pour faire aisément
concevoir, comment ce qu'on
raconte a pû être fait.

Les comparaisons, dont on s'y
sert, doivent être plus connuës
& plus aisées à comprendre, que
les choses qu'on veut faire connoître.

Les sentences & les belles
moralitez, y sont d'un grand
agrément ; mais il faut qu'elles
soient renfermées en moins de
paroles, qu'elles ne sont dans
une déclamation.

Les Episodes y doivent être
menagez comme dans le Poë-

me Dramatique, avec cette dif-
ference, que pour rendre les
premiers proportionnez à leurs
ſujets, on peut leur donner
plus d'étenduë, qu'aux autres.

Le nœud, & le dénouëmènt,
ne ſauroient être que défectueux, s'ils ne naiſſent naturellement de l'action qu'on traite.

Enfin, ce Poëme doit tenir
un milieu entre la Tragédie &
l'Hiſtoire. Les Poëtes Tragiques ne pouvant exprimer par
des récits, tout ce que les paſſions de leurs Héros ont de vehement & d'impétueux, ont
eu recours à des Acteurs, qui
par une repreſentation ani-
mée, font impreſſion aux yeux
& aux oreilles des Spectateurs. Les Hiſtoriens n'em-
ploïent qu'un ſtile ſimple pour

décrire les plus grands évenemens : & les Poëtes Epiques,
qui n'ont pas le même secours
que les tragiques, doivent quelquefois faire parler leurs Heros,
transportez de colere & de rage, ou de quelque autre paffion, & leur stile doit toûjours
être vif & animé, & se sentir
de cette fureur poëtique, qui
les éleve au-dessus des Historiens.

Ronsard, animé de recon-
noissance de tant de bienfaits,
qu'il avoit reçû de Charles
IX. entreprit *la Franciade,* qu'il
laissa imparfaite ; il crut que les
mots Grecs & Latins, dont elle
est remplie, en feroient le sublime & le merveilleux. Sainte
Marthe, & ses autres partisans,

le placerent d'abord ſur le Parnaſſe, à côté d'Homere, vis à
vis de Virgile : cependant les
critiques conviennent que ſon
ſtile eſt dur & ſec ; que les Vers
de dix pieds, dont il ſe ſervit,
n'ont pas la gravité que demande un Poëme héroïque, &
qu'enfin c'eſt le plus foible de
ſes Ouvrages.

Quoique du Bartas fut toûjours engagé au ſervice, ou
emploïé par le Roi de Navarre
à de differentes négociations,
il ne laiſſoit pas de cultiver les
Muſes : ſon Poëme *de la Semaine*, ou *de la Création*, fut
tant eſtimé, qu'en moins de ſix
ans on en fit trente éditions :
ſoit que Ronſard en fut veritablement charmé, ſoit qu'il vou-

lut faire paroître une fauſſe mo-
deſtie , par un jeu de mots , il fit
preſent d'une plume d'or à cet
Auteur , & lui dit , qu'il avoit
plus fait en une ſemaine , que
lui (tout Ronſard qu'il étoit)
en toute la vie. Il y a d'aſſez
beaux Vers dans cet Ouvrage :
ceux-ci ſont dans ſon quatriéme jour , & ſemblent avoir été
faits pour ces derniers tems :

Il ſe trouve entre nous des eſ-
prits frenetiques ,
Qui ſe perdent toûjours par des
ſentiers obliques ,
Et de monſtres forgeurs , ne peu-
vent point ramer ,
Sur les paiſibles flots d'une com-
mune mer.

Bb iij

Tels sont, comme je crois, ces
  Ecrivains qui pensent,
Que ce ne sont les Cieux, ou les
  Astres qui dansent
A l'entour de la Terre ; ains que
  la Terre fait,
Chaque jour naturel, un tour
  vraiment parfait:
Que nous semblons ceux-là, qui
  pour courir fortune,
Tentent le dos flottant de l'azu-
  ré Neptune,
Et nouveaux, cuident voir, quand
  ils quittent le Port,
La Nef demeurer ferme, & re-
  culer le bord.

Ceux, qui dans la suite examinerent ce Poëme, dirent
qu'on n'y trouve ni regles, ni
invention ; qu'il est rempli de

figures outrées, qui se sentent
du Païs * qui a donné la naif-
sance à l'Auteur, & que ce n'est
tout au plus qu'une simple narration.

Je ne parlerai point ici du
Charles Martel ; du *Jonas* ; du
Childebran, du *Lys*, & de beaucoup d'autres Poëmes, qui n'ont
pû soûtenir le grand jour, & qui
se sont presque évanoüis en naif-
sant.

Au sentiment de Chapelain,
le *Moyse Sauvé* a de fort beaux
endroits : c'est, disoit-il, une
peinture parlante. Ceux, qui
étoient d'un sentiment contraire, blâmoient Saint Amant de
s'être amusé à peindre des mi-
nuties, qui énervent son sujet,

* La Gascogne.

B b iiij

& soûtenoient que cet Ouvrage ne devoit pas être mis au nombre des Poëmes Epiques, puisqu'il n'avoit été donné, que sous le nom d'*Idille*.

Brebeuf, Gentilhomme de Roüen, s'étoit engagé fort jeune à travailler à *la Pharsale*, & quand il la mit au jour, il n'étoit point connu dans la République des Lettres : cet Ouvrage, qui n'avoit point été annoncé, surprit agréablement le Public : les jugemens qu'on en fit dans la suite, furent tous differens les uns des autres ; les partisans de Brebeuf l'élevoient au dessus de Lucain, & disoient que ses narrations sont tres-vives ; qu'il peint toutes choses avec un artifice merveilleux ;

que dans les endroits , où il s'a-
bandonne le plus au feu de son
imagination , il ne s'éloigne jamais du bon sens ; que son stile
est toûjours noble & pompeux ;
que s'il ne suit pas toûjours son
original , c'est qu'il s'est plus at-
taché à l'imiter, qu'à le traduire,
& enfin que jamais Auteur n'a-
voit, comme lui, donné un
chef-d'œuvre, pour un coup
d'essai.

Ceux, qui en jugeoient autrement , disoient, qu'il s'éloigne
souvent du naturel ; que ses expressions sont trop hardies; qu'il
se donne des libertez , qui ne
sont pas pardonnables à des
Traducteurs ; qu'il a fait un
tres-mauvais choix , puisque la
Pharsale n'a jamais été regardée

dans l'antiquité, que comme un Ouvrage médiocre; que l'action de César, qui combat contre sa Patrie, n'est pas loüable, & ne sauroit par conséquent être le sujet d'un bon Poëme Epique; que ce qui paroît grand, élevé & pompeux dans cet Ouvrage, n'est souvent qu'un faux brillant, qui ébloüit d'abord ceux, qui le lûrent sans reflexion.

Dés que Scudery eut appris que la Reine de Suede venoit en France, il composa l'*Alaric,* comptant que cette Princesse seroit agréablement surprise d'entendre chanter les exploits d'un Conquerant, que le Nord avoit produit; la précipitation avec laquelle il écrivit ce Poëme, ne lui permit pas de travail-

ler ſes Vers, autant qu'il auroit
pû faire. Il y en a pourtant d'aſſez beaux, comme ceux-ci :

> *Eſt-il rien de plus doux , pour*
> *un cœur plein de gloire ,*
> *Que la paiſible nuit, qui ſuit une*
> *victoire ?*

Les critiques dirent, qu'il fait
ſouvent de grands diſcours pour
ne dire que des bagatelles, &
qu'il veut épuiſer tous les ſujets
qui ſe preſentent : mais s'il ne
reçut pas du Public tous les ap-
plaudiſſemens, qu'il en avoit at-
tendu , il eut lieu de s'en con-
ſoler , par les éloges, & par un
preſent tres-conſiderable, qu'il
reçut de la Reine de Suede.

Chapelain s'étoit acquis une
ſi grande réputation de bel Eſprit, ſous le miniſtere du Car-

dinal de Richelieu, que fes amis n'héfitoient pas de dire , qu'il pouvoit feul confoler le Public de la perte des Malherbes & des Racans:il étoit dans cette réputation,lors qu'on publia, qu'il travailloit à *la Pucelle;* fes amis la promirent d'abord comme une merveille.

Le Duc de Longueville , qui defcendoit du fameux Comte de Dunois , dont les belles actions font racontées dans ce Poëme, donnoit une penfion à Chapelain : le Public fut vingt ans dans l'attente de ce chefd'œuvre, & quand il parut, les gens d'efprit étoient déja dégoûtez des loüanges anticipées, qu'on lui donnoit.

Chapelain eut un fort bien

different de celui de Brebeuf :
celui-ci , fans avoir jamais rien
promis , donna un Ouvrage,
qui fut d'abord generalement
applaudi : l'autre, aprés vingt
années de promeſſes , en donna
un, qui conſterna tous ceux qui
l'avoient tant proſné. Il y eut
un déchaînement ſi general
contre ce Poëme, que pendant
un fort long-tems , on voïoit
tous les jours naître de nouvelles critiques ; ces Vers couru-
rent tout le Royaume ;

Nous attendons de Chapelain,
Ce rare & fameux Ecrivain,
Cette digne & docte Pucelle;
La Cabale en dit force bien,
Depuis vingt ans on parle d'elle,
En trois jours, on n'en dira rien.

Trois ou quatre Beaux Esprits, qui pouvoient décider d'un Ouvrage, ne furent pas favorables à cet Auteur : ils ne passerent pas la plume sur tous les Vers de *la Pucelle*, comme avoit fait Malherbe sur ceux de *La Franciade* ; mais ils marquérent d'une maniere plus fine, à quel point ils la méprisoient. Quand quelqu'un d'eux avoit dit, ou écrit quelque chose, qui n'étoit pas au goût des autres, on le condamnoit à lire quelques Vers de ce Poëme. Ménage battit en retraite à la faveur des regles du Poëme Epique, & ensuite il soûtint, ou fit semblant de soûtenir ce revers en Philosophe.

A l'exemple de Ronsard, qui

avoit fait *la Franciade*, pour
loüer Charles IX. Defmarets
commença *Clovis, ou la France
Chrétienne*, pour avoir occa-
fion d'exalter les vertus du Cardinal de Richelieu, qui le com-
bloit de biens : à peine eut-il
fait deux livres, que ce Miniftre
même le pria de recommencer
à faire des pieces de Theatre ;
mais ayant enfin donné un nouvel objet à fa Mufe, & confa-
cré fes veilles à des Ouvrages
de pieté ; il reprit *Clovis*, & s'il
faut l'en croire, Dieu l'affifta
fenfiblement à en achever les
neuf Livres qui reftoient à faire,
& à repolir les deux qu'il avoit
déja donnez. Ce Poëme, qui
long-tems aprés fa premiere édi-
tion, parut fous une forme pref-

que nouvelle, donna lieu à beaucoup de differtations, qui ne lui font pas fort favorables, & pour fon malheur, les gens d'efprit n'oublieront pas une Epigramme de Monfieur Def-preaux, qui en donnera toûjours une idée defavantageufe.

Cet Auteur avoit entrepris de bannir Apollon & les Mufes, de la Poëfie, & de montrer que les fujets chrétiens font feuls propres pour des Poëmes héroï-ques ; il en compofa deux ou trois pour prouver fon opinion par des exemples,& il prétendit que *la Madeleine*,ou *le triomphe de la Grace*, eft un veritable mo-dele du Poëme Epique ; mais perfonne ne l'a pourtant encore imité.

Le

Le Pere le Moine, qui a donné plusieurs Ouvrages de Poësie
au Public, composa le *Saint
Loüis*, ou *la Sainte Couronne re-
conquise*. Costart fut des premiers, qui examinerent ce Poëme avec beaucoup d'application ; il assura qu'il l'avoit lû
jusques à trois fois, avec un
grand plaisir ; que les Episodes
y sont bien menagez ; que l'ordre en est tres-judicieux, les
expressions nobles, & qu'enfin
cet Auteur s'est acquis une
gloire immortelle, pour avoir
sçû faire un Ouvrage régulier,
de l'Histoire d'un Prince, dont
les malheurs & les revers sont
peu propres pour le sujet d'un
Poëme Epique : les critiques
n'en ont pas jugé aussi avanta-

C c

geusement que Coltart ; mais
ils conviennent tous que le Pere
le Moine est toûjours agréablement élevé dans cet Ouvrage.

Antoine Godeau, Evêque
de Grace, étoit persuadé que le
desir de chanter les merveilles
du Créateur, pourroit inspirer
le feu de la Poësie ; il se proposa pour modéle plusieurs
grands Prelats de l'Eglise Grecque & de la Romaine, & fit
cette quantité d'Ouvrages de
pieté, parmi lesquels on distin-
gue le Poëme de *Saint Paul.*
Chapelain a voulu prouver,
qu'il merite un rang parmi les
Epiques, par sa majesté, sa no-
blesse, & sa pureté. L'Auteur
en a parlé plus modestement :
il avoüe qu'il n'y a rien de ce

merveilleux, qui éleve l'efprit;
qu'il n'y a point mêlé de ces
ornemens, que fournit la fable;
qu'il n'a pas même employé
toutes les agreables inventions,
qu'un fujet chrétien peut recevoir, & qu'enfin il ne s'eft pas
propofé de faire un Poëme dans
les regles.

Hefichius ne fe contenta pas
de demander, fi Godeau étoit
Poëte, il voulut lui-même refoudre la queftion; il trancha
court, & dit, que cet Auteur
n'avoit reçû aucun talent de la
nature; qu'il eft toûjours bas,
fec & rampant, & qu'enfin il
ne merite pas feulement une
place au plus bas degré du Par-
naffe: mais le Public ne s'en eft
pas tenu à ces décifions, & ne

laisse pas de donner à ce Prelat
les loüanges qu'il merite.

Sarrasin n'avoit donné sa défaite des bouts-rimez, que comme un jeu d'esprit, & comme
une imitation badine du Poëme
Epique.

Comme tous les gens de bon
goût étoient prévenus en sa faveur, il y en eut qui dirent, que
cette revûë, ce denombrement
des troupes, ces descriptions
des deux armées, & de la ba-
taille ; la déroute de Dulot ; la
peine imposée aux vaincus, &
ces allusions ingénieuses, pouvoient entrer dans le Poëme le
plus férieux.

Nous avons déja parlé de la
traduction de Virgile en Vers
burlesques ; elle parut sous une

constellation si heureuse, que
quand elle auroit été moins
bonne, son titre seul lui auroit
attiré les applaudissemens du
Public : tous les connoisseurs
dirent, que Scarron donnoit à
l'Eneïde le même rang parmi
les burlesques, que lui avoit
donné Virgile parmi les héroïques. On estime encore cet Ouvrage, comme le seul qui s'est
soûtenu aprés la chute du langage, dont il est composé.

Segrais, si connu par ses Eglogues, & par quantité d'autres
beaux Ouvrages, a traduit l'E-
neïde : cette Traduction est fort
estimée ; elle a pourtant fait dire
à quelques beaux Esprits, que
Homere & Virgile sont moins
faits pour être traduits, que pour
être imitez.

Perrault a fait le *Saint Paulin*, qui a donné lieu à de longues differtations.

Arnaud d'Andilly a fait connoître fon talent pour les Vers, dans fon Poëme fur *la Vie de Jefus-Chrift*.

Le Chantre d'un celebre Chapitre fe trouvoit fort offenfé de voir un Lutrin élevé auprés de fa place; dans fa colere il pria un jour Mr. Defpreaux d'en parler à Mr. le Premier Prefident, comme de l'affaire du monde la plus férieufe.

Mr. Defpreaux s'acquitta de fa commiffion : Voilà un beau fujet pour un Poëme Epique, lui dit ce Magiftrat, & vous devriez y travailler : il ne faut jamais dépiter un fou, continua

Mr. Defpreaux ; fi je fais quelque Ouvrage là-deſſus, je vous
le prefenterai, & vous ferez
complice de ma folie. Dés ce
jour-là même, il commença le
premier Chant du *Lutrin* : il ne
fe propofa d'abord que de faire
tres-peu de Vers ; quand il en
eut fait une vingtaine, il les
montra à quelques-uns de fes
amis, qui les trouverent fort
beaux, & le folliciterent à con-
tinuer. En penfant férieufement
à cet Ouvrage, il fentit qu'à
l'exemple d'Homere, il pouvoit faire de beaux Vers fur
les plus petits fujets, comme
ceux de la pierre à feu :

Quand Boifrude, qui voit que
le peril approche,

Les arrête , & tirant un fuſil de
　　ſa poche ,
Des veines d'un caillou , qu'il
　　frappe , en un inſtant
Il fait jaillir un feu , qui petille
　　en ſortant ,
Et bien-tôt au braſier d'une mé-
　　che enflâmée ,
Montre , à l'aide du ſouffre , une
　　méche allumée :
Cét aſtre tremblottant , dont le
　　jour les conduit ,
Eſt pour eux un Soleil , au milieu
　　de la nuit.

Mr. Deſpreaux reſolut de
renfermer tout ſon ſujet dans
l'enceinte du Palais ; c'étoit la
demeure de tous les Heros, dont
il vouloit faire mention. La
Diſcorde, qui va des Cordeliers
　　　　　　　　　　　aux

aux Minimes, ne pouvoit pas trouver un lieu dans son passage, où elle fut plus en droit d'exercer sa puissance. La Boutique de Barbin s'y trouvoit tout à propos, pour servir d'arcenal aux combattans. Cette avanture, qui d'abord paroissoit si simple, a pourtant fourni assez d'agréables épisodes : la description du Hibou, & de beaucoup d'autres choses, dont cet Ouvrage est rempli, pourroit entrer dans un Poëme veritablement héroïque : dés que les quatre premiers Chants furent achevez, l'Auteur les lût au Roi, qui lui ordonna de les faire imprimer, & les deux derniers n'ont été faits, que long-tems aprés.

D d

Depuis que la Poëſie a été connuë en France, il y a eu des femmes qui l'ont cultivée; mais les Muſes n'ont été bien favorables, qu'à celles de ce dernier ſiecle. Mademoiſelle de Chaſtillon, fille du Maréchal de ce nom, avoit l'eſprit vif, & beaucoup de talent pour les Vers: elle fut mariée fort jeune au Comte d'Adinchron, Ecoſſois, qui ne vécut pas long-tems. Elle épouſa en ſecondes nôces le Comte de la Suze, de la Maiſon des Comtes de Champagne, & c'eſt ſous ce nom qu'elle ſe rendit celebre. Aucun de nos Poëtes n'a autant cultivé qu'elle, la Poëſie tendre: dans ſes Elegies, qui ſont au deſſus de ſes autres Ouvrages, elle faiſoit toûjours combattre la raison & le penchant, & jamais la raison n'étoit victorieuse. Voici quelquesuns de ces Vers :

Foible & fiere Raison, qui par
de vains combats,
Choque les passions, & ne les dé-
truis pas,
Ne me tourmente plus, tes forces
sont bornées,
Et l'on ne change pas l'ordre des
destinées, &c.

✻

Qu'un mal, qu'on trouve doux,
met de trouble dans l'ame,
Et que d'un feu qui plaît, aisé-
ment on s'enflâme, &c.

La grande application, qu'avoit cette Dame à la Poësie,

lui faiſoit regarder avec indif-
ference ſes affaires les plus ſé-
rieuſes : deux de ſes amis la
preſſoient un jour, ſur le midi,
d'aller ſolliciter ſes Juges, pour
un procés de conſequence : Je
prendrois mal mon tems, dit-
elle, je les trouverois ; j'irai ce
ſoir me faire écrire chez eux.
Elle fut éveillée un matin, par
un grand bruit, qu'on faiſoit
dans ſon antichambre ; un La-
quais lui dit, que c'étoit des
Huiſſiers, qui ſaiſiſſoient ſa ta-
piſſerie ; priez-les de ma part,
répondit-elle, d'attendre encore deux heures, & ſe rendor-
mit paiſiblement : dés qu'elle
fut levée, elle remercia les
Huiſſiers de leur honnêteté : Je
ſors, leur dit-elle, faites chez

moi ce que vous jugerez à propos. Son mari étoit fort jaloux;
sa jalousie causa bien-tôt le divorce entr'eux : ils étoient tous
deux Calviniftes ; mais elle fit
abjuration. La Comteffe de la
Suze , dit la Reine de Suede ,
ne s'eft faite Catholique, que
pour ne plus voir fon époux, ni
en ce monde , ni en l'autre.

Mademoifelle de Scudery a-
voit un rare talent pour la Profe
& pour les Vers : cette quantité
d'agréables Ouvrages de Poëfie, qu'elle a fait fur differentes
matieres, lui ont merité le nom
de Sapho , qu'on lui a donné
pendant fa vie; mais on pouvoit
encore trouver en elle , de plus
beaux fujets de loüanges : le
plaifir qu'elle fe faifoit de for-

mer ſes amis au bon goût, & la
moderation , avec laquelle on
l'entendoit parler des Ouvrages
des autres, l'ont élevée au-deſſus de ſon ſexe, & de la plupart
des Poëtes : elle penſoit noblement, lors qu'il s'agiſſoit de
loüer la valeur & le merite : elle
fit ces Vers pour celebrer les
glorieuſes conquêtes du Roi,
qui malgré les rigueurs de l'hi-
ver , prit toute la Franche-
Comté en un mois :

Les Heros de l'antiquité
N'étoient, que des Heros d'Eté,
Qui cherchoient le Primtemps,
*   comme les Hirondelles ;*
La Victoire, en Hyver, pour eux
*   n'avoit point d'aîles :*
Mais malgré les frimats, les nei-
*   ges, les glaçons ,*

LOUIS *est un Héros de toutes les*
   Saisons.

Elle fit aussi ce Quatrain sur
un pot d'œillet, que le Prince
de Condé avoit pris soin d'ar-
roser :

En voyant ces œillets, qu'un
   Illustre guerrier
Arrosa de la main, qui gagnoit
   des batailles ;
Souviens-toi, qu'Apollon bâtis-
   soit des murailles,
Et ne t'étonne pas, que Mars soit
   Jardinier.

La naissance de Mademoi-
selle des Houillieres, peut être
marquée par une époque mé-
morable ; elle nâquit quelque

tems aprés l'inſtitution de l'Académie : elle étoit fille de Mr.
du Ligier de la Garde, Gentilhomme de Marie de Medicis,
& Chevalier de l'Ordre de Saint
Michel ; elle épouſa Mr. de la
Font de Boiſguerin des Houillieres, Lieutenant de Roi de la
Citadelle de Dourlans. Elle
avoit un eſprit univerſel, qui
la rendoit capable de traiter
toutes ſortes de ſujets, & dans
les plus petits, comme les plus
grands, ſes Vers ſont toûjours
tres-nobles & tres-châtiez, &
l'on peut dire qu'elle a excellé
dans les loüanges, qu'elle a données au Roi :

Et quelque loin, qu'on porte les
loüanges,
Il n'en eſt point, qui vous puiſ-
ſent flater.

A vous chanter, nos voix ſont
    toûjours prêtes ;
Mais quand nos Vers, à la poſte-
    rité,
Pourroient vous peindre auſſi
    grand que vous êtes ;
Quand de vos Loix ils diroient
    l'équité,
De vôtre bras les rapides con-
    quêtes,
De vôtre eſprit la noble acti-
    vité,
De vôtre abord le charme inévi-
    table,
Quelle en ſeroit pour vous l'uti-
    lité ?
Lorſque le vrai paroît peu vrai-
    ſemblable,
Il n'a ſur vous, que peu d'au-
    torité.

Ces Conquerans qu'eurent Ro-
　　me & la Gréce,
Ces demi-Dieux, fur cent Lyres
　　chantez,
Ont eu le fort que trop de gloire
　　laiffe ;
On les a crû fervilement flatez :
Tant de vertus, qu'en eux l'Hif-
　　toire affemble,
Eft, difoit-on, le prix de leurs
　　bienfaits ;
Et fi vous feul, fous qui l'Univers
　　tremble,
N'euffiez plus fait, qu'ils n'ont
　　fait tous enfemble,
On douteroit encore de leurs hauts
　　faits.

Elle n'avoit fait imprimer
qu'une partie de fes Ouvrages ;

mais aprés sa mort, Mademoiselle des Houillieres sa fille, en
a donné le reste, en quoi le
Public lui est tres-redevable.

Mademoiselle de la Vigne, fille d'un Medecin du Roi, avoit si
bien sçû profiter des avis de Mademoiselle de Scudery, qu'elle
se rendit tres-habile. On dit que
la grande application, qu'elle
avoit à l'étude des belles Lettres, abregea ses jours. Le plus
considerable de ses Ouvrages,
est une Ode, où elle fait parler
Monseigneur au Roi, il y a ces
beaux Vers :

Mais à sa valeur extrême,
Le Rhin semble s'opposer ;
Le Rhin, où Cesar lui-même,
N'osa jamais s'exposer !

Le Roi parle. A sa parole,
Plus vîte qu'un trait ne vole,
On voit nager nos Guerriers,
Et leur ardeur est si vive,
Que déja sur l'autre rive,
Ils moissonnent des Lauriers.

Mademoiselle Des-Jardins, connuë ensuite sous le nom de Madame de Ville-Dieu, qu'elle prit en se mariant, a donné quantité d'Historiettes & de Fables galantes : elle faisoit un agréable mélange de Vers & de Prose, & ses Maximes d'amour sont tres-ingénieuses. En voici une :

Ministres indiscrets de l'empire
amoureux,
Si communs au siecle, où nous
sommes,

Qui ne croyez pas être heu-
 reux,
Si vous n'êtes crus tels, au juge-
 ment des hommes :
Que ne pouvez - vous quelque
 jour,
Vous refoudre à traiter fecrete-
 ment l'amour,
A cacher l'air content, que vôtre
 orgueil vous donne,
A vous rendre jaloux de vos pro-
 pres defirs,
Et vous verriez que les plus
 doux plaifirs,
Sont ceux, qu'un myftere affai-
 fonne.

Mademoifelle de Saint Fir-
min a fait auffi beaucoup d'honneur à fon fexe, & à la Beauce,
où elle étoit née ; elle eft fort

loüable d'avoir conſacré dans
ſa jeuneſſe, ſon talent pour les
Vers, à des ſujets de picté: Voici une Paraphraſe, qu'elle fit ſur
le *Gloria Patri*, &c.

Gloire au Pere, qui vit de toute
éternité,
Gloire au Verbe engendré de ſa
propre ſubſtance,
Gloire à l'eſprit de verité,
Qui procede de deux en une mê-
me eſſence,
Et qui ſans les confondre en for-
me l'unité.

Elle entendit un jour une converſation de gens ſavans, dans
laquelle on demandoit, ſi c'eſt
par ſa Naiſſance, ou par ſa Mort,
que le Sauveur a témoigné plus

d'amour pour les hommes ; elle
fit ce Sonnet ;

Voir naître & voir mourir
  l'Auteur de la Nature,
Voir un Etre éternel commencer
  & finir,
Ces deux extremitez parfaite-
  ment s'unir,
Le Createur ſe joindre avec la
  Creature.

Voir un Dieu renfermé ſous
  l'humaine figure,
Celui qui contient tout, ſe laiſſer
  contenir,
Celui de qui le bras peut ſeul
  tout ſoûtenir,
Etre ſans mouvement dans une
  ſepulture.

Ces miracles offerts à mes ſens
      étonnez ,
Au ſalut des humains ont été
      deſtinez ;
L'un commence l'ouvrage, & l'au-
      tre le conſomme.

Mais l'amour au premier a bien
      plus fait d'effort ;
Car du Ciel à la Terre , & de
      Dieu juſqu'à l'Homme ,
L'eſpace eſt bien plus grand, que
      de l'Homme à la Mort.

Aprés l'inſtitution de l'Académie Françoiſe , les Ouvrages
de tant de beaux Eſprits, qui
la compoſoient, ſe répandirent
dans les Provinces, & y firent
connoître les avantages, que l'on
                              peut

peut tirer d'une Societé, où les plus éclairez se communiquent les diverses lumieres qu'ils ont, pour conduire un Ouvrage à sa perfection ; & enfin dans plusieurs Villes considerables du Royaume, on eut l'émulation de fonder des Académies. Mr. le Cardinal Conti fonda celle d'Avignon en 1650. avec l'agrément de Sa Sainteté, il s'en déclara le Protecteur. Les Académiciens prirent le nom de *Zelez.* On doit leur attribuer la gloire d'avoir donné l'exemple des établissemens des autres Académies, que nous avons dans les Provinces.

En 1660. les gens de Lettres de Soissons commencerent à s'assembler en certains jours, &

E e

continuerent cet agréable exercice pendant quelques années ;
mais comme leur Societé aug-
mentoit, ils reſolurent de l'éri-
ger en Académie. Le Roi étoit
alors devant Dole: ce ſiége n'occupoit pas ſi fort ce Conquerant, qu'il ne pût penſer à autre choſe ; à la priere de Mr.
Colbert, il fit expedier des Lettres Patentes, dattées du Camp
devant cette Place, pour l'établiſſement de l'Académie de
Soiſſons, qui ne voulut être regardée que comme une fille de
celle de Paris, & en reconnoiſ-
ſance de cette affiliation, elle
lui envoye tous les ans une
Piece d'Eloquence, qui eſt lûë
immediatement aprés les Ouvrages, qui ont merité le Prix.

Cette Académie, compofée de vingt Academiciens, eft fous la protection de Monfieur le Cardinal d'Eftrées, & ne peut choifir de Protecteur à l'avenir, qu'il ne foit de l'Académie Françoife. Sa Devife eft un Aiglon, conduit au Soleil par fa mere, avec ce mot :

Maternis aufibus audax.

En 1668. le Roi fit expedier des Lettres Patentes pour l'établiffement de celle d'Arles, à laquelle il accorda les mêmes privileges, qu'à celle de Paris : elle prit pour Devife un petit & un grand Palmier, & un Soleil qui répandoit fes

rayons ſur l'un & ſur l'autre ,
avec ce mot :.

Foventur eodem.

. Cette Académie , dont le
Duc de Saint Agnan , voulut
bien être le Protecteur , n'étoit
compoſée dans ſon commencement que de vingt Académiciens , & comme un auſſi petit
nombre ne ſuffiſoit pas pour
une Ville , où tant de gens cultivoient les belles Lettres , ils de-
manderent au Roi une augmentation de dix , qui leur fut accor-
dée. Il n'étoit permis , qu'à des
Gentilshōmes d'aſpirer à l'honneur d'être reçû à cette Académie ; comme il n'eſt permis.

qu'à des Nobles Venitiens d'é-
crire l'Histoire de leur République. Ces Messieurs n'avoient
peut-être pas fait reflexion,
qu'Apollon avoit gardé des
troupeaux & bâti des murailles,
& que quand il veut inspirer
quelqu'un, il n'a point d'égard à
la naissance. Aprés la mort du
Duc de Saint Aignan, cette Académie choisit Mr. le Marquis de
Dangeau, pour son Protecteur.

Quoique Villefranche, Capitale du Beaujolois, ne soit qu'u-
ne petite Ville, elle n'a pas laissé
de produire assez de beaux Esprits, pour former une Académie, qui se soûtient avec honneur depuis prés de trente ans
qu'elle a été établie par Lettres
Patentes de Sa Majesté.

L'Académie d'Angers, qui fut établie en 1681. ne prit point d'autre nom que celui d'*Acadé-mie Royale* : le nombre des Aca-démiciens eſt fixé à trente : les Statuts en ſont tres-judicieux ; ils défendent, ſur toutes choſes, de parler de Politique & de Religion.

Celle de Niſmes fut inſtituée en 1691. elle eſt compoſée de beaucoup de gens d'eſprit & d'érudition, qui ont donné de beaux Ouvrages au Public.

Les Jeux Floraux, qui pen-dant pluſieurs années, avoient ſoûtenu l'honneur de la Poëſie, furent enfin negligez, & pour les faire revivre avec éclat en 1694. on les érigea en Acadé-mie : on y ajoûta un nouveau

Prix, qui est une Amarante d'argent. Le nombre des Académiciens fut fixé à trente-cinq : elle choisit pour Protecteur Mr. le Chancelier.

Quelques autres Messieurs de Toulouse, faisoient des Assemblées, dans lesquelles ils s'entretenoient de leurs Ouvrages, & de tout ce qu'il y avoit de nouveau dans la Republique des Lettres. En 1696. cette Societé fut érigée en Academie, qui à l'exemple de celles d'Italie, se donna un nom burlesque, qui est celui de *Lanternistes*, à cause que ceux qui la composoient, s'assembloient la nuit, éclairez par de petites Lanternes. Ils établirent un prix que l'on donne, tous les ans, à celui

qui remplit le mieux des bouts-
rimez à la loüange du Roi,

A la priere de Mr. Foucaut,
Intendant en baſſe Normandie,
le Roi a accordé ces années dernieres, l'établiſſement d'une A-
cademie à Caën ; le nombre de
ces Academiciens eſt de trente-
cinq.

FIN